KEITAI
SHOUSETSU
BUNKO
野いちご SINCE 2009

ご主人様は、専属メイドとの
甘い時間をご所望です。
～無気力な超モテ御曹司に、
イジワルに溺愛されています～

みゅーな＊＊

◎STARTS
スターツ出版株式会社

イラスト／Off

「ご主人様が欲しがってるんだから──ちゃんと言うこと
聞いてよメイドさん」

高校に入学して早々
とんでもないご主人様と出会ってしまいました。

青凪未紘
×
砿水湖依

「俺の心は湖依だけのものだよ。他の誰も視界に入らない
くらい──俺は湖依のことしか見てない」

わたしたちの関係は、運命的に惹かれ合うもので

「俺と湖依は離れられない運命なんだよ」

ぜったいに抗えない。

ご主人様は、専属メイドとの甘い時間をご所望です。

〜無気力な超モテ御曹司に、イジワルに溺愛されています〜

青凪 未紘
（あおなぎ みひろ）

天彩学園の超エリートだけが入れる"アルファクラス"に所属する高校2年生の御曹司。運命の番でもある湖依をひと目見た時から気に入り、メイドに指名する。

礎水 湖依
（かきみず こより）

男の子がちょっと苦手な高校1年生。共学でメイド制度のある天彩学園に通うことになってしまった上、入学早々ひとつ先輩の未紘のメイドに指名されちゃって…？

天音 奏波
あまね かなは

末紘の幼なじみで同じアルファク
ラスのイケメン男子。湖依に
ちょっかいをかける。

桜瀬 恋桃
さくらせ こもも

湖依と仲良しのクラスメイト。甘
えたがりなイケメンご主人様に溺
愛されている。

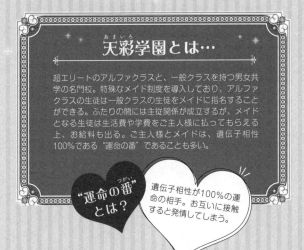

天彩学園とは…
あまいろ

超エリートのアルファクラスと、一般クラスを持つ男女共
学の名門校。特殊なメイド制度を導入しており、アルファ
クラスの生徒は一般クラスの生徒をメイドに指名すること
ができる。ふたりの間には主従関係が成立するが、メイド
となる生徒は生活費や学費をご主人様に払ってもらえる
上、お給料も出る。ご主人様とメイドは、遺伝子相性
100%である"運命の番"であることも多い。

"運命の番"とは？
つがい

遺伝子相性が100%の運
命の相手。お互いに接触
すると発情してしまう。

☆

c o n t e n t s

第 1 章

運命の出会いとキス。

　桜が満開の４月。

　わたし硴水湖依は高校１年生になった。

　新しい生活に期待で胸が高鳴る……はずだったのに。

　気分はどんより落ち込んでる。

「ほら、湖依！　いい加減起きなさい！　説明会に遅刻しちゃうわよ！」

「うぅ……行きたくない……」

「いつまでもそんなこと言ってないの！　早く下に降りてらっしゃい。朝ごはん用意してあるから」

　さっきからお母さんとこんなやり取りを繰り返してる。

　今日は午前中、明日から入学する天彩学園で事前の説明会がある。

　そもそも、わたしはこの学園に入りたかったわけじゃないのに。

　とある理由で、両親が天彩学園への入学の手続きを進めてしまった。

「はぁぁぁ……不安しかないよぉ……」

　こうしてると、またお母さんがいろいろ言ってくるから。

　重い腰をあげて、この前採寸してできあがった制服に袖を通す。

　制服はすごく可愛いのになぁ……。

　胸元くらいまで伸ばした髪は、いつも上のほうでポニー

テールにしてリボンを結ってる。

　気分があがらないまま、自分の部屋を出てリビングへ。

「依佳ってば、わたしのイチゴ取らないでよ」

「いいじゃん！　弥依お姉ちゃんダイエットしてるってこの前言ってたくせに！」

「フルーツは食べてもいいの。そんなに食い意地張ってたら太るわよ」

「弥依お姉ちゃんに言われたくなあい！」

　ふたりとも朝から騒がしいなぁ。

　リビングのテーブルではすでに、わたしより４つ上の弥依お姉ちゃんと、わたしのひとつ下の妹の依佳が朝ごはんを食べていた。

「あっ、湖依おはよ。入学式今日だっけ？」

「弥依お姉ちゃん、おはよう。今日は事前の説明会があって、入学式は明日なの」

　朝ごはんを食べるために席に着くと、依佳が瞳をキラキラさせてこっちを見てる。

「湖依お姉ちゃんいいな〜。あの有名な天彩学園に入学できるなんて！　羨ましすぎるよ〜！」

「それなら依佳が入学したらいいのに……」

　朝食に用意された大好物のフレンチトーストも、今はあんまり美味しく感じない。

　それくらい気分が落ちてる。

　わたしは中高一貫の女子校に通っていて、本来なら高校もエスカレーター式に進学する予定だったのに。

　明日から入学する天彩学園は男女共学で、かなり有名な名門校とまで言われてる。

「お母さんも心配になっちゃうよね〜。湖依お姉ちゃんは男の人に免疫なさすぎるから。そんなんじゃ運命の番が見つからないよ〜？」

「余計なお世話だよ……」

　わたしは小さな頃から男の子が苦手。

　あまり関わることがなかったから、気づいたら苦手意識を持つようになったのがダメだったかな。

　このとおり３姉妹の真ん中で育って、中学も女子校だったから身近で接してる男の人はお父さんくらい。

　別に男の人と関わらなくても困ることないのに。

　さっき依佳が言っていた〝運命の番〟これが関係してるせい。

「あ、運命の番がテーマのドラマ、予告やってる〜！　今日の夜見ないとっ。クラスでも今話題でね、ほとんどの子がこのドラマ夢中になって見てるんだよ！」

「そ、そうなんだ」

「ほら、これも見て！　雑誌の特集にも組まれてるくらいだし！　運命の番に出会うの憧れちゃうよね〜」

　〝あなたのそばにいるかもしれない♡運命の番特集〟かぁ……。

　この話題をいたるところで目にするなぁ。

　テレビや雑誌、いろんなメディアで見かける〝運命の番〟と呼ばれるもの。

　この世界のどこかには、遺伝子的相性が100%で、絶対に本能的に抗うことのできない、運命の番と呼ばれる相手が存在すると言われている。

　そしてその相手との遭遇率は極端に低いらしい。

　出会えること自体が奇跡で、ほとんどの人が運命の番に会えないまま一生を終える。

　だから、都市伝説的な扱いみたいにもなっていて、その奇跡に憧れる人も多いみたい。

　ただ……出会えたとしても相手を愛してるかは無関係。

　にわかには信じがたい話だけど。

　男の子が苦手なわたしには無縁な話かな……と思っていたのに。

「出会った瞬間に運命の番ってわかるのがロマンチックでいいよね〜。出会えること自体も奇跡って言われてるし！」

「わたしにはあんまりよくわかんないかな」

「ほらぁ、湖依お姉ちゃんは消極的すぎなんだよ！　だから、お母さんもお父さんも心配してるんだよ〜。このまま男の人と関わらずにいたら運命の番と出会ったときにどうするのって！」

「別に出会いたいと思わないし。そもそも出会えるかもわからないのに……」

　運命の相手がいるっていうのは、ロマンチックに聞こえるけれど。

　もしそんな人と出会ったら、自分が自分でなくなっちゃいそうで怖い。

　だって、自分の気持ちに反して本能的に誰かに惹かれるなんて。

　人間だれしも理性はあるもので。

　それすらも崩してしまうくらい、運命の番同士は強く惹かれ合ったりするのかな。

　わたしにはわからない世界だなぁ。

　女の子はみんな運命の番がいることに期待をしたり、出会うことに胸を躍らせたり。

「しかも、湖依お姉ちゃんが通う天彩学園って御曹司がたくさんいるんでしょ!?　そこで運命的な出会いがあるかもしれないじゃん！」

「そんなの求めてないよぉ……」

　いつまでも男の子に苦手意識を持っていたら、運命の番と出会ったときにどうするのかって。

　そんな両親の心配が理由で、男女共学の天彩学園への入学手続きを進められちゃったし。

　気づいたら、あと少しで家を出ないといけない時間になっていた。

「はぁ……気が重いなぁ……」

　ただ平穏に学園生活を送りたいのに。

　運命の番と出会うなんて、自分には未知の世界すぎて。

　とにかく、どうか何も起こらず平和に過ごせますようにって願うばかり。

＊　＊　＊

「こ、ここどこ……」

　天彩学園に着いて早々、事件発生。

　門をくぐって、校内をグルグル歩き回っていたら迷子になってしまった。

　前に一度、保護者が参加する説明会で学園に来たことあるけど、相変わらず敷地が広すぎるよぉ……。

　学園の構内図はデータでもらっていて、スマホに保存してある。

　それをもとに説明会が行われるホールを目指さないと。

　校舎は真っ白の外装で、とてつもなく綺麗に手入れしてある。なかにはガラス張りの校舎もあるし。

　ものすごく広い中庭は、大きな花壇に色とりどりの花が咲いてる。

　それにカフェテラスのようなところもあったり。

　校舎なのかわからないけど、ドラマに出てきそうなお屋敷みたいな建物もいくつかあるし。

　こ、ここほんとに学校……なんだよね？

　もはや学校のレベルを超えてるような。

「うわ……っ！」

　スマホと周りを見るのに夢中になりすぎて、段差があることに気づかず転んでしまった。

　うぅ……ついてない。今日は厄日かもしれない。

　もうこのまま起きあがらずに倒れたままでいたいよぉ……。

　地面に転んだままでいると。

ふと、誰かが目の前に立ったような気配がする。

「……大丈夫？　なんかすごい勢いで転んだの見えたけど」

低くて落ち着いた男の子の声が真上から降ってきた。

ど、どうしよう。まさかいきなり男の子に声をかけられるなんて。

しかも転んだところ見られてたんだ。

恥ずかしすぎるよ。

「あとスカートめくれて太もも見えてるよ」

「へ……っ」

反射的に起きあがって、男の子の顔をはっきり見た。

うわ……すごくかっこいい。

さらっと揺れる少し明るめの髪色に、顔の輪郭がスッキリしていて、瞳もすごく大きくて。

顔のパーツどれを見ても、ぜんぶ完璧すぎて誰もが見惚れちゃいそうなくらい……すごく目を引く容姿の持ち主。

それに、耳元に光る青色の綺麗なピアスが男の子の雰囲気にすごく合ってる。

この学園の制服を着ているから生徒さんかな。

ほんの少しの間、男の子を見ていただけ……なのに。

何かに反応するように——心臓が一度、ドクッと激しく音を立てた。

えっ……今のなに……っ？

全身に響くくらい、強く激しく心臓が鳴ってる。

いくら男の子に免疫がないとはいえ、ただ見つめ合ってるだけで、こんなにドキドキしちゃうの……？

　相手の男の子も、わたしから目をそらさないでじっと見つめてる。

　わたしの心臓、何か発作でも起きてるの……っ？

　鼓動が落ち着くどころか激しくなる一方。

　男の子から目をそらしたいのに、なぜか釘付けになってしまう。

　まるで男の子の何かに強く惹きつけられているような。

「あー……出会うとこーゆー感じになるんだ」

「っ……？」

「このままだとお互いまずいから。こっちきて」

　身体を起こされて、連れて行かれたのは死角になる少し薄暗い建物の陰。

　何が起きてるのかわからなくて、言われるがままついてきちゃったけど。

「……目合っただけでこんな気持ち高ぶるんだ」

　壁に手をついてわたしを上から見下ろしてくる瞳は、さっきよりも熱っぽくて。

　その瞳に見つめられると——また心臓が異常なくらいドクッと鳴ってる。

「触れたい衝動……抑えられなくなるね」

　ふわっと男の子の温もりに包み込まれた。

「なんで、抱きしめるんですか……っ」

「んー……なんか本能的に？」

　ほ、本能的？　言ってることがよくわかんない。

　初対面の男の子にこんなことされて、嫌なら突き放せば

いいのに。

　不思議と嫌な感じがしなくて……むしろ、もっと触れ合いたいって……何かに強く惹きつけられてる衝動。

「ねぇ、もっと俺のこと見て」

　ちょっと頬に触られただけなのに身体がものすごく反応して、さらに心臓がバクバク音を立ててる。

「……名前教えて」

「硴水……湖依、です」

「湖依ね。俺は青凪未紘。ちゃんと覚えて」

　見つめ合って、触れられて……身体がちょっとずつ熱くなってきてる。

　自分の心音が耳元に響くくらい、ものすごく激しく脈打って。

　今度は息がだんだん苦しくなって呼吸がしづらい。

「はぁ……っ、ぅ……」

　身体から力も抜けてきてクラクラする。

　自分の身体じゃないみたい。

「……もしかして俺に発情してる？」

「はつ、じょう……？」

「俺にもっと触れてほしいって、身体が求めてるんじゃない？」

「よ、よくわかんな……ひゃっ」

　顎をクイッとつかまれて、指先で軽く唇に触れられただけ……なのに。

「少し触れただけで、こんな身体反応するんだ？」

「ん……っ」

「そんな物欲しそうな瞳で見つめて──俺もその気になっちゃうけど」

　唇がジンッと熱くて、何かもっと欲しいような衝動に駆(か)られて、自分が自分じゃないみたい……っ。

「熱いのから解放(かいほう)されたい?」

　コクッとうなずくと、男の子がすごく色っぽい顔をしてフッと笑いながら。

「湖依が発情したら抑えられるのは俺のキスだけだから」

　吸(す)い込まれるように──唇にキスが落ちてきた。

　唇が触れた瞬間、今まで感じたことない刺激(しげき)が全身にピリッと走った。

「もっと深くしたら……すごくきもちいいよ」

「んっ……」

　初めて会った人と、こんなふうにキスしちゃうなんてダメに決まってる。

　なのに気持ちに反して身体がもっと欲しいって求めてるの、なんで……?

「……なにその可愛い顔。俺とのキスそんなきもちいい?」

「やぁ……っ、ぅ」

「はぁ……やば。俺も発情したかも」

「ふぇっ……」

「可愛い声で鳴いてないでさ。……俺のこともきもちよくして」

「んんっ……」

「あー……キスってこんなきもちよかったっけ」

　唇に触れてる熱も乱れる呼吸も──ぜんぶが熱くて、頭ふわふわする……っ。

　苦しいのに、このキスが心地よくて……もっとしたいって何かが強く求めて……。

「やっと見つけた──俺の運命の番」

　甘い熱におかされて、プツリと意識を手放した。

＊　＊　＊

　次に目を覚ましたときは、家のベッドで寝ていた。

　あれ……わたしか説明会に参加するために学園に行ったのに。

　そこで見知らぬ男の子と出会ってキスされて……そこからどうなったんだっけ……？

　悪い夢でも見てたのかな。

　うん、きっとそうに違いない。

　すると、タイミングよくお母さんが部屋に入ってきた。

「目覚めたのね！　よかったわ。気を失ったって聞いて、ずっと眠ってたから心配したのよ」

「えっ、気を失ったって……」

「あなた学園で倒れちゃったのよ。それでね、男の子がわざわざ車で湖依のこと送り届けてくれたのよ。ものすごくかっこよくて礼儀正しい子だったわね～。丁寧に自己紹介もしてくれてね。たしか青凪未紘くんって言ってたか

しら。湖依のことすごく心配してる様子だったわよ？」

　うぅ……夢じゃなかったぁ……。

「湖依ってば、早速いい子に出会ってるじゃない！　お母さん安心したわよ～」

「いい子じゃないよぉ……」

　出会って早々キスしてくる男の子が、いい子なんて思えないよ。

「今日の説明会も湖依が体調不良で参加できないって青凪くんが学園側に伝えてくれたみたいよ？　すごくいい子ね～」

　なんでか、お母さんはものすごく気に入ってる様子。

　わたしからしたら、いきなりキスしてきたとんでもない男の子って印象しかないのに。

「とにかく今日はゆっくり寝てなさいね？　ごはん食べられそうだったら下に降りてらっしゃい」

「はぁい」

　夢だと思ったのに、全然夢じゃなかった。

　だって、唇にまだやわらかい感触が残ってる。

「ファーストキスだったのに……」

　初対面の男の子にキスを許しちゃうなんて、あのときのわたしぜったいどうかしてたよぉ……。

　でも不思議と嫌じゃなかったのはどうしてだろう……？

　うぅ、もう考えるのやめよう……。

　あのキスを忘れるように、首をブンブン横に振ってベッドの上でゴロゴロ転がってると。

「え……これなに……？」

　ふと首元の違和感に気づいた。

　青色……サファイアの宝石が埋め込まれたチョーカーのようなものが首につけられていた。

　自分でつけた覚えはないし。

　とりあえず外したほうがいいかな。

「うっ、どうして外れないの……！」

　首輪のような形状で、後ろの留め具が外せない。

　なんでこんな頑丈なの……！

　もう今日はとことんついてないよ。

　知らない男の子にキスされちゃうし、よくわからないチョーカーつけられるし。

　青凪くんだっけ……？

　学園の人だろうけど、あれだけ広い学園で生徒もたくさんいるから。

　もう二度と関わることはない……はず！

　キスのことは忘れると決めて、明日の入学式に向けてこの日は早めに眠りについた。

ご主人様とメイドの主従関係。

　翌日──昨日と同じように学園の門をくぐると、わたしと同じ新入生がたくさんいた。

　とりあえず掲示板（けいじばん）で自分のクラスを確認しないと。

　無事に教室にたどり着いたのはいいんだけど。

　さっきから、いろんな子にすごく見られてるような気がする……！　とくに女の子たちから。

「えっ、あの子の首元見てよ！　あれって選ばれた子しかもらえないやつだよね!?」

「ほんとじゃん！　アルファクラスのご主人様に気に入られるなんて羨ましい〜!!」

　アルファクラス？　ご主人様？

　よくわかんない単語が聞こえてくるけど。

　このチョーカーに何かあるのかなぁ。

　なんだかクラスメイトから若干距離を置かれてるような気もする。

　わたし以外の女の子は首元に特に何もつけてないし。

　教室内をキョロキョロ見渡してると、ひとりの女の子がわたしの席の前に座った。

「あっ、あなたもわたしと同じやつ首につけてる！」

「え？」

「よかったぁ。わたしと同じ子がいて！」

　明るくてパッと花が咲くような笑顔が印象的な、すごく

可愛らしい子。

　肩につかないくらいの髪は、ふわっと巻かれていて両サイドを編み込みしてる。

　顔は小さくて、瞳はすごく大きくてクリクリしてるし、とにかく可愛いがギュッと詰まってる容姿だなぁ。

　わたしと同じチョーカーをしてるけど……この子のには真っ赤なルビーのような宝石が埋め込まれてる。

「わたし桜瀬恋桃っていうの！　よかったらお友達になってください！」

「えっ、あっ、わたしでよければぜひ！　か、砒水湖依です」

「湖依ちゃんね！　わたしと名前似てるねっ」

「えっと、恋桃ちゃんって呼んでいいのかな」

「もちろん！　これからよろしくねっ」

　よ、よかった。恋桃ちゃんみたいな明るい子が声をかけてくれて友達になってくれて。

　今日は入学式だけで、終了後は午後に授業はなくて解散になるみたい。

　式が始まるまで恋桃ちゃんと少し話すことに。

「わたしね、ほんとは天彩学園に入学する予定なかったんだけど、春休み中に急に決まっちゃって！」

「そ、そうなんだ」

「なんか特殊な遺伝子だから〜とかいう理由であっさり入学の手続きが進んじゃって。わたしも人から聞いた話だからあんまりよくわかんないんだけどね！　湖依ちゃんはどうして天彩学園に入ったの？」

「わたしは両親に決められて入ることになっちゃって。中学は女子校だったから、共学なのがすごく不安で……」

「湖依ちゃんもしかして男の子苦手？」

「う、うん。小さい頃からあんまり関わったことなくて」

「そっかそっか。いきなり男女共学は不安だよね！」

「えっと、恋桃ちゃんも何か事情があって天彩学園に入学したのかな？」

「いや、わたしはよくわかんない契約書にお父さんが勝手にサインしちゃって」

「契約書？」

「そうなの！　話すと長くなるんだけどね！　まあ、かくかくしかじかで、いろいろあって！　あれ、でも湖依ちゃんにもご主人様がいるはずじゃ──」

「はーい、このクラスの１年生はみんな揃ってるかしら。そろそろ入学式が始まるからホールに移動する準備してね」

　恋桃ちゃんが気になることを口にしたところで、タイミング悪く先生が来ちゃって会話が終わってしまった。

　さっきクラスメイトの子も恋桃ちゃんも、チョーカーのこととかご主人様が～とか、似たようなこと言ってた。

　やっぱり、この宝石が埋め込まれたチョーカーに何かあるに違いない。

　恋桃ちゃんは何か知ってそうだから、また時間あるときに聞いてみよう。

＊　＊　＊

　入学式が終わって、簡単なホームルームが行われた。
「それじゃあ、今日はこれで解散で。皆さん気をつけて帰るようにね」
　明日の連絡事項をさらっと先生が伝えて、今日は解散。
　解散の号令がかかったと同時に、前に座る恋桃ちゃんが急にパッと立ちあがって。
「あぁ、もうこんな時間！　急いで歩璃くんを迎えに行かないと！」
　今朝のこと聞きたかったけど、何やら慌てた様子で教室を飛び出していっちゃった。
　まあ、また明日聞けばいいかな。
　荷物をまとめて教室を出ようとしたら、偶然なのか担任の小森先生と目が合った。
「あら、硴水さん。今からお迎えに行くの？」
「えっ？　別に誰も迎えに行く予定はないですけど」
　よくわからず首を傾げると、小森先生も同じように不思議そうな顔して首を傾げてる。
「だってほら、硴水さんにはご主人様がいるわけだから。迎えに行かないとずっと待ってるんじゃないかしら？」
「ちょ、ちょっと待ってください。ご主人様っていったいなんのことですか？」
　先生まで謎のご主人様ってワードを使ってる。
「あらま。もしかして、硴水さんメイド制度を知らない？」
「メイド制度？　な、なんですかそれ」
　先生が手元にあるタブレットで何かを確認してる。

「たしか昨日、青凪くんが学園側に申請を出していたはず
だけど……。あっ、ほらやっぱり。青凪くんは砿水さんを
メイドに指名してるわよ？」

「え？　えっ??」

　タブレットの画面には、【アルファクラスご主人様：青
凪未紘】【一般クラスメイド：砿水湖依】って書かれてる。

「それに、あなたが首元につけてるもの。それは青凪くん
のメイドになったっていう証よ？　彼がいるアルファクラ
スまで迎えに行くのもメイドのお仕事だと思うけど」

「ど、どういうことですか！　意味がまったくわかりませ
ん……！」

「たしかメイド制度の話は、昨日の説明会で新入生に向け
てしたはずだけど」

「わ、わたし昨日の説明会に参加できなくて」

「あら、そうなのね。それなら、いま簡単にわたしから説
明するわね？」

　そもそも、この天彩学園の生徒はアルファクラスと一般
クラスのふたつに分かれているらしく。

「アルファクラスに入れる生徒は、学園全体で５％しかい
ないの。まあ、選ばれた生徒だけが入れる特別なクラスっ
て言ったらわかりやすいかしら」

　選ばれる条件もすごく厳しいみたいで。

　頭脳明晰、運動神経抜群、家柄も相当地位が高くないと
いけなくて。

　様々な条件をクリアした生徒しか入れないのがアルファ

クラス。

　だから、ほとんどの生徒は一般クラスで、アルファクラスに入れる生徒はかなりレアなケースみたい。

　そして、この天彩学園だけに存在する特殊な制度もあるらしく。

「アルファクラスの生徒は特別に一般クラスの生徒の中から自分が気に入った子をひとりメイドに指名することができるの」

「な、なんですかその制度」

「アルファクラスの生徒には、それぞれ与えられた宝石の称号があってね。青凪くんはサファイアの宝石が埋め込まれたピアスをしているはずよ。それと同じ宝石のものを身につけている砥水さんは青凪くんのメイドに指名されてるってことになるわけ」

　だったら、このチョーカーは……まさか気を失ったときにつけられちゃったってこと?

「青凪くんがご主人様で砥水さんはメイドってことね。まあ、簡単に言うならふたりの間で主従関係が成り立ってるみたいなものね」

　ご主人様とか、メイドとか、主従関係とか……。

　聞き慣れない単語ばかりでついていけない……!

「わ、わたしメイドになった覚えないです!」

「そうねぇ。だけど、青凪くんは学園で選ばれたアルファクラスの特別な生徒だから。彼が決めたことを覆すのは無理に等しいのよね」

　なんでも、このメイド制度においてご主人様の言うこと
はぜったいらしく。
「もし、ご主人様に逆らったりしたら学園からは即退学で
しょうし。それに、アルファクラスにいる子たちはみんな
力のある財閥の子ばかりだから、退学だけじゃすまずに社
会的地位を失うほど影響力があるとも言われているわ」
　ひぃ……そんな力のある人たちの集まりなの？
　しかも、その中のひとりにメイドとして選ばれるなんて。
　そもそもメイドって、いったい何をしたらいいの？
「とりあえず、青凪くんがいるアルファクラスに行って話
を聞いてみるといいわ」
　一般クラスの生徒がいるところとは違う、全体がガラス
張りになってる校舎……ここがアルファクラスの生徒がい
るところみたい。
　青凪くんがいるのはＡクラスって小森先生に聞いたけど。
　Ａクラスと書かれたガラスのプレートを発見。
　こ、これ勝手に扉開けてもいいのかな。
　恐る恐る扉を開けると。
「あ、やっと来た。待ちくたびれたんだけど」
　いました。昨日わたしのファーストキスを奪って、おま
けに勝手にわたしのご主人様になった青凪くん。
「んじゃ、早く帰ろ」
「ちょっと待ってください。帰るってどこにですかっ。そ
れに、このチョーカーのこととか、あとご主人様とかメイ
ドとか……説明してほしいことばっかりで」

「じゃあ、俺の部屋でぜんぶ説明する。あと、湖依の荷物は俺の寮に運んでもらったから」

「は、はい？　えっ？」

「足りないものあったら言って。なんでも用意するから」

　ま、またしてもわけのわからない展開に進んでいってるような。

「待ってください！　わたしの荷物って……」

「今日から湖依は俺の部屋で生活するんだよ」

「え、ええ……!?　ど、どうしてそうなるんですか！　意味わからないです!!」

「決まってんじゃん。湖依が俺のメイドだから。湖依のご両親にも説明して了承もらったし」

　むりむり……っ、全然理解できない……!

　こんなとんとん拍子で物事が進んでいくことあるの？

　それに、なんでお母さん何も教えてくれなかったの!?

「わ、わたしメイドになるつもりないです！」

「俺が指名したから覆すの無理だと思うけど」

　フッと笑いながら、わたしの顎をクイッとつかんで。

　澄んだ瞳にとらえられると、自然と惹きつけられて動けなくなる。

「それにさー……俺たち運命に逆らえない関係みたいだし」

「運命……って」

「とりあえず、早く俺の部屋いこ」

　何を言っても、わたしには拒否権なさそう。

　仕方なくついていくことに。

＊　＊　＊

「ん、ここが俺だけの寮だから」

「これ寮だったんですか」

　まったく寮に見えないし、こんなお屋敷みたいな建物が学園内にあるなんてびっくり。

　それに、ひとりでこの大きなお屋敷を寮として使ってるってすごすぎるよ。

　特にお屋敷の中の説明はしてもらえなくて。

　たくさんある部屋の中で、奥のほうの部屋へ連れて行かれた。

「ここが俺の部屋。湖依もここで生活してもらうから。あとの部屋はメイドの仕事していくうちにテキトーに覚えてくれたらいいよ」

「ちょっと待ってください！　さっきも言いましたけど、わたしメイドになるつもりないです！」

「んじゃ、俺のメイドさんにならない？」

「もう強制的になってるじゃないですか！」

「まあ、細かいことはいーじゃん」

「よくないです！　いろいろ順序がおかしいです！」

「今までは使用人が俺の面倒見てくれてたけど。湖依がメイドになったから俺のお世話ぜんぶやって」

「だから、いろいろ説明が不足しすぎじゃ……」

「あー……ってか、疲れたし眠い」

　えぇ、この人マイペースすぎないかな……!?

　わたしの聞きたいことには答えてもらえそうになくて、ふらふらっと部屋のさらに奥に行っちゃうし。

「……湖依もおいで。まだ話したいことあるし」

　いきなりいろんなことが決まってキャパオーバーだよぉ……。

　勝手にメイドにされて、それにいきなりここで生活することになるなんて。

　まだ現実として受け止められないよ。

　わたしがメイドになるって話をなんとか取り消しにしてもらえないかな。

　そう思いながら青凪くんが入っていった奥の部屋へ。

　中は薄暗くて、大きなサイズのベッドが真ん中に置かれてる。

　ここは寝室なのかな。

　ベッドに横になってる青凪くんを発見。

「ん……ちゃんと俺のそばに来て」

　こっちおいでって手招きしてる。

　動けずに固まってると、青凪くんはすごく不満そうな顔をする。

「俺の言うこと聞けないの？」

　青凪くんの言うことは、ぜったい。

　自分の本能がそうわかっているみたいに逆らえない。

　それを証明するように、しっかりわたしを見つめて、とらえて離してくれない。

　遠慮気味に、ちょこっとベッドのそばに近づくと。

　これでもまだ不満なのか。

「……もっと近づいて」

「きゃ……っ」

　不意に手を引かれたせいで身体がベッドに倒れ込んだ。

　青凪くんの体温に包み込まれて、甘くて優しい匂いが鼻をくすぐる。

　昨日よりは落ち着いてるけど、心臓が少しずつ大きく音を立て始めてる。

　ど、どうしよう。また昨日みたいな原因のわからない発作のようなものが起きちゃったら。

「あのっ、青凪くん……っ。ち、近い……です」

　抱きしめてくる青凪くんの身体を押し返すと、何かに反応するようにピクッと肩が跳ねて。

「あーあ……それ気に入らない」

　急に真上に覆いかぶさってきて、あっという間にわたしを組み敷いた。

「誰が青凪くんって呼んでいいなんて言った？」

「へ……っ」

「ご主人様の名前くらいちゃんと覚えなよ」

「だって、青凪くんは……んんっ」

　ちゃんと呼べなかった。

　だって、何も言わずに青凪くんがキスしてきたから。

「……未紘って呼ぶまで離してあげない」

　さらにグッと唇を押しつけて、強く感触を残そうとしてくる。

　こんなキス許しちゃダメなのに……っ。

　唇が触れた瞬間……昨日みたいに身体の内側が熱くなって……もっと欲しくなってきてる。

「……忘れちゃった？　俺とのキス」

「はぁ、ぅっ……」

「あんなにきもちよかったのに」

「んっ……ぅ」

　心臓が激しく音を立てて、頭の芯からぜんぶ痺れちゃいそうなくらい甘すぎる刺激。

「……そんなとろけた顔して。きもちいい？」

「んぁ……」

「……キスされて発情したんだ？」

　身体の熱がさらにグーンとあがって分散しないもどかしさのせいで、言われてることが全然頭に入ってこない。

「んじゃ、もっとしてあげないと発情治まんないね」

　キスでクラクラして……このもどかしさから解放されたくて。

「早く呼んで未紘って」

「み、ひろ……くんっ……」

「ん……いい子。もっと深くきもちよくしてあげる」

　全身に電気みたいな刺激が走って、心臓の音がドクッと激しく響いて──熱がぜんぶパッとはじけた。

「はぁ……っ」

「発情したの治まった？」

　力が抜けきってクタッと横たわってると、未紘くんが満

足そうな顔をしてギュッと抱きしめてきた。

「なんで、キス……したんですか……っ」

「だって、俺がキスしなかったら湖依はずっと発情したままだよ。俺のこと欲しくなって、たくさん求めて。理性なんかあてにならない──抗えない本能的なものだから」

「それって……」

「そう。湖依は俺の運命の番だから」

「なんで、そんなのわかるんですか」

　運命の番と出会う確率はものすごく低くて。
　幻想的(げんそうてき)な世界の話だと思ってたのに。

「出会った瞬間に、本能的に身体がお互いを欲してたでしょ」

　昨日のことを思い出すと……自分の意思(いし)に反して、身体が異常なくらい未紘くんを求めて、強く惹きつけられてた。

「あとさ……キスきもちよかったでしょ？」

「ぅ……」

「番同士のキスは、誰とするキスよりも極上(ごくじょう)にきもちいいんだって」

　そ、そんなこと言われても。

　キスしたの初めてだし。そもそも、男の子とこんな近くで触れ合うことなかったから。

「それに湖依は俺に発情してたでしょ？」

「は、発情って……」

「知らない？　番同士はお互い発情するって。その発情を抑えられるのは番のキスだけ」

　ただお互いが強く惹かれ合うだけじゃなくて、これが本能的に抗えない──運命の番ってこと？

「つまり、湖依が発情したら抑えられるのは俺のキスだけってこと」

　じゃあ、昨日ものすごく強い何かに反応して、身体が熱を持って心臓が激しくドキドキしていたのは……発情してたからってこと？

「もちろん俺も湖依だけが欲しくなるし、発情したら湖依のキスじゃないと治まらないから」

　運命の番同士が、まさか発情することがあって、お互いのキスじゃないと発情を抑えられないなんて。

「とくに湖依は発情しやすい体質（たいしつ）みたいだし」

「そんな体質とかあるんですか」

「んー。まあ、発情の頻度（ひんど）は人それぞれらしいけど。湖依は俺が見つめたり、ちょっと触れたりするだけですぐ発情してたから」

　それって、男の子に免疫がないことが関係してるのかな。

　男の子と関わることがなさすぎて、ちょっとのことですぐドキドキしちゃうし。

「俺と湖依は離れられない運命なんだよ」

　運命なんてそんなの信じてなかったのに。

　自分の気持ちよりも、自分の中に眠る本能的な何かに惹きつけられることがほんとにあるなんて。

「湖依のことメイドに指名したのもそれが理由。俺は湖依のご主人様だから、俺の言うことはぜったい聞くことね」

　さらに「俺がいないと湖依は普通の状態に戻れないんだってことも忘れずにね」って。

　もうこれは、わたしがどれだけ抗っても逆らえないものなんだ。

　メイド制度について、もう少し詳しく聞くと。

　アルファクラスにいる生徒は、特別に一般クラスにいる生徒をメイドに選ぶことができて。

　メイドに選ばれた生徒は、ご主人様がしてる宝石と同じものを身につけるのがきまり。

　ここまでは小森先生に聞いていた話とほぼ同じ。

　メイドはご主人様の身の回りのお世話をすることが絶対条件で、ご主人様が寮にいる場合は同じ部屋で生活をしないといけないみたい。

　その代わり、メイドが学園で生活していくうえで必要な費用は全額ご主人様が負担してくれて、学費も全額払ってもらえる。

　しかももっとすごいのが。

「湖依がメイドとして働いてる間は仕事だからお金もきちんと払うし」

「えぇっ!?」

「俺は湖依に身の回りのお世話してもらえるし、湖依はメイドとして働いてそれ相応の給料がゲットできるわけ。だからお互いウィンウィンだよねって話」

　いきなり運命の番に出会って、おまけにメイドとして雇われちゃうなんて。

わたしの高校生活……初日から波乱の幕開けです。

*　*　*

あれから少しして、未紘くんがあるものを持ってきた。

「とりあえず一般的なサイズで用意したけど」

手渡されたのは、普段あんまり目にすることがないメイド服。

アニメとかでしか見たことないし、これってコスプレみたいなもの？

「基本的に俺の身の回りのお世話するのが湖依の役目だから。メイドの仕事するときは、それ着るのがルールね」

「メイド服はずっと着てなきゃダメなんですか？」

「んー。まあ、そういう規定だし。さすがに寝るときは着替えていーけど」

早速、お部屋の掃除と晩ごはんの支度を頼まれたから、メイド服に着替えなきゃいけなくなったので一室を貸してもらうことに。

メイド服は青色をベースにしたワンピースに、真っ白のエプロン。スカートの部分はフリフリだし、胸元には少し大きめの青のリボンがついてる。

うぅ……こんな可愛らしいのわたしには似合わないよ。

かなり抵抗あるけど、これを着て仕事しないといけないみたいだし。

慣れるまでしばらく辛抱かなぁ。

　着替え終わって未紘くんが待ってる部屋に戻ると。

　わたしを見るなり満足そうに笑ってる。

「かわいー。似合ってんじゃん」

　ソファに座って、こっちにおいでって手招きしてる。

　言われた通り未紘くんのそばに近づくと。

「……あ、でも胸のとこサイズ合ってない。苦しくない？」

「なななっ……どこ触ってるんですか……っ！」

　なんの悪気もなさそうに、襟元をグイグイ引っ張ってきてる。

「サイズ測ってあげよーか」

「んなっ、結構です……‼　晩ごはん作るのでキッチンお借りします……！」

　未紘くんって、ぜったい危ない人だ……！

　距離感おかしいもん……！

　すぐ近づいてくるし、さっきだって胸元のところ遠慮なく引っ張ってきたし。

「こんな調子でこれから大丈夫かな……」

　両親が共働きなのもあって、3姉妹で家事を分担していたから、ひと通りのことはできそう。

　キッチンも学園内の寮とは思えないくらい、ものすごく広くて綺麗。

　食材も豊富にあって、キッチン用品も必要そうなものは揃えられてる。

　作った晩ごはんが未紘くんの口に合うか心配したけど、美味しいって食べてもらえたからひと安心。

　そのあとお風呂に入って、ようやく寝る時間。

　今日１日いろんなことがありすぎて疲れたから、早く寝たいなぁ……。

　あれ、そういえばわたし個人の部屋ってないのかな。

「……そろそろ寝る？」

「えっと、わたしはどこで寝たら……」

「決まってんじゃん。俺と一緒に寝るんでしょ」

「む、無理です……！」

「湖依に拒否権ないよ」

「きゃ……ぅ……」

　末紘くんがひょいっとわたしを抱きあげて寝室へ。

「俺さ、抱き枕ないと寝れないんだよね」

「今まではどうやって寝てたんですか」

「細かいことはいいから。湖依が抱き枕になって」

　うっ……うまく丸め込まれちゃいそう。

　というか、もう抱きしめて寝ようとしてるし。

　まだまだこの距離感には慣れないよぉ……。

　それにドキドキしたら……また末紘くんに発情しちゃうから。

　なんとか平常心を保たないと。

「あー……なんかいいね。湖依から俺と同じ匂いすんの」

「ひゃっ……」

　首元に顔を近づけられて末紘くんの髪があたるから、くすぐったい。

「そんな可愛い声出されたら……俺が発情しそうになるん

だけど」

　さっきまで眠そうにしてたのに、ちょっと危険な瞳をしてる。

　こ、これはこのままだとまずいんじゃ……！

「ま、待ってください……！　まだ聞きたいことあって！」

「なーに、聞きたいことって」

「このチョーカーって、どうやったら外れるんですか」

　昨日から何度か外そうとしてみたけど、全然外れそうになくて。

　つけたのは未紘くんだから外し方を知ってるかなって。

「あー。それ俺じゃないと外せない特殊な作りになってるから。外し方は教えてあげないけど」

　ニッとイジワルそうに笑って、わたしの耳元に手を伸ばして。

「……俺のピアス。これが関係してるってことだけ教えてあげる」

　薄暗い中でも未紘くんの耳元にサファイアがキラッと光ってる。

「あと、すごく今さらなんですけど、未紘くんは何年生なんですか？」

「……今年2年になった」

「あっ、じゃあわたしより年上……先輩なんですね」

「別にいーよ、気使わなくて。敬語じゃなくていいし、未紘って呼んでくれたらいーから」

「それはっ、難しい……です。わたし男の子と関わること

が全然なくて。ちょっと苦手意識があって」

「じゃあ、男にこんなに触れられたの俺がはじめて？」

「うっ、そうなります」

「へー。なんかそれ興奮するね」

「な、なんでですか!?」

「だって湖依のはじめて——ぜんぶ俺がもらうってことでしょ？」

　未紘くんの綺麗な指先が唇に触れてきて……ふにふにしたりグッと押しつけてきたり。

「あの……っ、そんなに触られると……」

「……発情しちゃう？」

「ぅ……」

　わざと焦らすような触り方をしてる。

　これ以上ダメって見つめると、未紘くんはすごく物欲しそうな顔をして。

「そーゆー可愛い反応さ……逆に煽ってんの気づいてる？」

「ふぇ……？」

「まあ、今日いろいろあって疲れただろうから。今はこれくらいにしてあげる」

　わたしを抱きしめたまま寝ちゃった未紘くん。

　すぐにスヤスヤきもちよさそうな寝息が聞こえてくる。

　わたしこんな状況で寝られるかなぁ……。

　発情まではいかなかったけど、心臓がトクトクいつもよりちょっと速く動いてる。

　出会ったばかりの男の子と、こんなふうに一緒に生活す

ることになるなんて。

　少し前のわたしじゃ、ぜったい考えられなかったこと。

　それに相手が運命の番だなんて。

　これ以上余計なことを考えないように、早く意識が飛ぶ
ようにギュッと目をつぶって——その日は眠りに落ちた。

同居生活はドキドキと波乱がいっぱい。

「ん……」

窓から入ってくるまぶしいくらいの日差しで眠っていた意識が覚めてきた。

眠くて頭ボーッとしたまま。

あれ、わたしいつの間に寝てたんだ。

いつもひとりで寝てるはずなのに、今は誰かの体温をそばで感じてる。

天彩学園に入学してから、まだ１日しか経ってないのに。

いろんなことが一気に起こりすぎて頭の中がパンク寸前だよ。

いっそぜんぶ夢だったらいいのに。

「……湖依」

うん、全然夢じゃない。

寝ぼけてわたしの名前を呼んでる未紘くんの寝顔が目に飛び込んできた。

あぁ、そうだ。昨日の夜、一緒にベッドに入って抱き枕にされたんだった。

スヤスヤきもちよさそうに寝てる未紘くんは起きる気配がなさそう。

壁にかかる時計は７時を過ぎていた。

そろそろ起きて学園に行く準備しないとだよね。

わたしは朝ごはんを作ったり洗濯をしたり、他にもやる

ことがあるから先に起きないと。

「うぅ……寝てるのになんでこんな力強いの」

　未紘くんの腕の中から抜け出そうとしたんだけど、ギュッと抱きしめられて身動きが取れない。

「あのっ、未紘くん離してください……っ」

「んー……無理」

「きゃぅ……」

「……湖依のこと抱きしめてたい」

　こ、これは寝ぼけてるの？

「み、未紘くん……！　寝ぼけてないで、ちゃんと起きてください……！」

「……湖依がキスしてくれたら起きる」

「んなっ、無理です……！」

「んじゃ起きない」

「えぇ……っ」

　未紘くんは朝から心臓に悪いことばっかり言う。

　それに、未紘くんは自分の思い通りにいかないと拗ねちゃう性格かも。

「う、えっと……キスはできないので」

　代わりに未紘くんの大きな身体をギュウッと抱きしめてみた。

「こ、これで許してください……っ」

　ひょこっと顔をあげて見つめると。

「何それ……かわいー」

　不意に頬にチュッとキスが落ちてきた。

＊　＊　＊

「ねー、湖依。なんでそんな怒（おこ）ってんの」

「もうキスしちゃダメです……！」

「唇外したのに？」

「だ、だからって急にするのダメです！」

「んじゃ、キスしますって申告（しんこく）したらいーの？」

「そういう問題じゃなくて！」

　今ちょうど朝ごはんを食べ終わったところ。

　未紘くんはマイペースさ全開で、さっきのキスは全然悪いと思ってないみたい。

　未紘くんにとってはキスってそんなにたいしたことないものなのかな。

　どんなつもりで、どんな気持ちでしてるの？

　わたしは恋愛（れんあい）のことあんまりわかんないから、未紘くんが何を考えてるのかますますわかんない。

「だって湖依が可愛いことするから」

「うぬ……」

　未紘くんの相手をしていたら準備が全然進まない。

　未紘くんから逃（に）げるように、食器（しょっき）を片づけたり他の家事をして。

　そろそろ寮を出ないといけない時間なのに。

「もう着替えないと間に合わないです！」

　なんとまだ部屋着姿の未紘くんが呑気（のんき）にソファに座ってるではないですか。

「……着替えるのめんどい」

「遅刻しちゃうじゃないですか！」

「んじゃ、湖依が着替えさせて」

「へ……」

「これもメイドの仕事でしょ？」

　──なんて、強引に甘えられちゃって。

「ねー、湖依まだ？　遅刻しちゃうんじゃないの？」

「ま、待ってください。いま頑張ってるんです……っ」

　指先がプルプル震えて、ブラウスのボタンがうまく留められない。

　そ、それにブラウスの隙間から未紘くんの裸が少し見えて、目のやり場にすごく困ってる。

　どこに視点合わせたらいいの……！

「湖依ってほんと男に慣れてないよね」

　わたしが必死に頑張ってるのを愉しそうに見てるだけの未紘くん。

　ちっとも手を貸してくれない。

　心臓がちょっとずつドキドキしてる。

　これ以上ドキドキしたら……また発情しちゃう。

　だから、なんとか平常心を保とうとするのに。

「ひゃっ……な、なんですか」

「んー？　ただじっとしてるのつまんないから」

　わたしの頬に触れながら、腰のあたりに手を回してさらに距離を縮めてきてる。

「早くしないと……もっと触るよ？」

「や……っ」

　イジワルな指先が唇に触れてふにふにしたり、グッと力を入れたり。

「……唇やわらか」

「んっ、そんな触っちゃ……やっ」

「じゃあ、早くやって」

　ちょっとずつ与えられる刺激に、身体が耐えられなくなってきてる。

「ほら、口あけて」

「口のなか……ダメ……っ」

　指が入り込んで、かき乱して。

「そんなエロい声出してさ」

「んぁ……ぅ」

「……止められるわけないじゃん」

　身体の内側が火照って……心臓の音が耳元に響くくらいバクバク鳴ってる。

　うぅ……どうしよう……っ。これ昨日と同じ状態だ。

　ちょっとずつ呼吸も苦しくなって、自分が自分じゃなくなるみたいな感覚。

「俺の裸見て発情した？」

「ぅ……っ」

「湖依って純粋そうに見えるのにね」

　気づいたら意識がぜんぶ未紘くんに向いて──身体が未紘くんのこと欲しがり始めてる。

　なんでもっと触れてほしいなんて思っちゃうの……？

「俺のこと欲しがってるその顔……たまんない」

　苦しくて、もどかしくて、熱を早くどこかに逃がしてほしいのに。

　イジワルな未紘くんは、ただ指で触れるだけ。

「……俺に何してほしい?」

　そんなの恥ずかしくて言えない……っ。

　でも、未紘くんがしてくれないとずっとこのまま。

「……その可愛い口でおねだりして」

「っ……」

「そしたら……とびきり甘いキスしてあげる」

　理性がちっとも機能しない。

　でも、自分からおねだりするなんてできない……っ。

「は、恥ずかしい……です……っ」

「そんな欲しそうにしてるのに恥ずかしいの?」

　ずっとこの状態が続くの、もう耐えられなくて。

　身体が熱くてじっとしていられない。

　キスしてほしいなんて言えなくて、でも身体は熱いし苦しいジレンマ。

　本能的に運命の番に発情するのには逆らえない。

「あー……もう俺のほうが限界かも。湖依が欲しがってるのすごい興奮する」

「んんぅ……」

　下からすくいあげるように唇が押しつけられた。

　触れた瞬間、全身がブワッと熱くなって心臓が大きくドクッと跳ねた。

「……きもちいい？」

「んっ……」

「身体すごい反応してる」

　触れてるだけのキスだったのに……少しずつ唇を動かして、やわく噛んできたり。

「……ほら、唇もっと押しつけて」

「ぅ……んっ……」

　まんべんなく深くしてきたり。

　唇が触れている間はずっと、クラクラする。

「治まるまで……ずっとしててあげる」

　こんな甘いの続いたら……溺れちゃう。

*　*　*

「……よりちゃん」

「…………」

「こーよりちゃん！」

「……えっ、あっ。恋桃ちゃん、どうしたの？」

「どうしたのじゃないよ〜！　さっきから湖依ちゃんずっとボーッとしてるから！」

　し、しまった。いろいろ考えてて、周りが全然見えてなかった！

「何かあった？　朝も遅刻ギリギリで教室に滑り込んできてたし」

「そ、それは……ちょっと寝坊しちゃって！」

　頭の中にボンッと朝の出来事が浮かんじゃう。

　はぁぁぁ……朝からなんてことしちゃったんだろう……っ。

「そうなんだ〜。入学したばっかりだから慣れない環境の
せいもあって疲れ溜まっちゃうよね！」

「う、うん」

　とりあえず、今朝のことは極力思い出さないようにして
授業に集中しないと！

＊　＊　＊

　お昼休み、スマホに１件のメッセージが。

　未紘くんから【すぐ俺のクラスに来て】とのこと。

　何かあったのかな。

　急いで未紘くんが待つクラスへ行ってみると。

「……あ、やっと来た。行こ」

「えっ、どこにですか？」

「湖依とふたりでゆっくりできるとこ」

　未紘くんに連れて行かれたのは校舎内にある一室。

　部屋に入る前にガラスのプレートに〝VIPルーム青凪未
紘様〟って書いてあった。

「ここ俺だけが自由に使える特別な部屋だから」

「えぇ……！」

　学園内に未紘くんためだけの寮まであって、おまけに校
舎内にも未紘くんだけが使える部屋があるなんてすごすぎ
るよ。

中に入るとシェフのような格好をした人と、スーツを着た男の人が何人かいる。

それに、すごく広いテーブルとそばに大きなソファがあって。

そばにある別のテーブルには、たくさんの料理がずらっと並んでる。

洋食、和食、中華……なんでもある。

デザートにケーキやフルーツまで用意されてる。

「湖依は何か食べたいものある？」

「あっ、えぇっと、お弁当作ってきてるので」

「……そ。んじゃ、みんなさがっていーよ。俺は今日も昼食べる予定ないから」

「かしこまりました」

末紘くんがそう言うと、みんなこの部屋から出ていっちゃった。

「俺専用の部屋だから昼休みはここで過ごしてんの」

「さっきの人たちは誰ですか？」

「んー……専属のシェフみたいな人たち。頼めばなんでも用意してもらえるけど」

「す、すごすぎます」

「そう？」

「この学園に来てから驚くことばかりです」

末紘くんがゆっくり過ごせるようにって専用の部屋まで用意されて、おまけに専属のシェフまでいるなんて。

「俺お昼は基本食べないで寝たい派だから」

「それじゃ身体に悪いですよ。ちゃんとお昼は食べないとダメです」

「……眠いし。寝ないと死ぬ」

「少しは食べないと……あっ、わたしお弁当作ってきたので一緒に食べませんか？」

「……そーいえばさっき言ってたね」

　さすがに何も食べないのは身体に悪そうだから、少しでも何か口にしたほうがいいかなって。

「……湖依が作ったやつなら食べよーかな」

　どうやら食べる気になってくれたので、ふたりでひとつのお弁当を半分こすることに。

　どうせなら未紘くんのお弁当も作ればよかったかな。

「ごめんなさい、あんまり量がなくて」

「いーよ。もともと俺食べる予定なかったし」

　すごく眠いのか今にも寝ちゃいそうな未紘くん。

　疲れてるから寝たいのもわかるけど。

　そんな食生活を続けるのはやっぱり心配。

「あのっ、未紘くんさえよければなんですけど、明日からわたしが未紘くんの分のお弁当も作ります……！」

　専属のシェフの人がいるから、わたしのお弁当なんていらないかもしれないけど。

「何も食べないのは心配なので。えっと、簡単にすぐ食べられるもの作るように考えるので！」

「……湖依が作ってくれるの？」

「め、迷惑でなければ。もし、専属のシェフさんのがよかっ

たら……」

「……湖依が作ってくれるならちゃんと食べる」

　ダメもとで提案してみたけど、食べてもらえそうでよかった。

　明日から早速頑張って作らないと。

「ねー、俺からもいっこお願いしていい？」

「なんですか？」

「食べ終わったら膝枕して」

「えぇっ」

「湖依のやわらかい太もも貸して」

「い、言い方どうにかしてください……！」

「んじゃ、湖依の太ももで寝かせてください」

「さっきと変わってないです‼」

　まだ出会って数日だけど。

　未紘くんは、とっても自由人です。

＊　＊　＊

　放課後。

　昨日と同じように未紘くんを迎えに行って、ふたりで寮に帰ってきた。

　未紘くんはお疲れなのか、帰ってきてすぐソファに倒れ込んじゃった。

　わたしはメイドのお仕事があるから、昨日もらったメイド服に着替えなくちゃ。

「ふぅ……まだこの生活に全然慣れないなぁ」

　未紘くんからは身の回りのお世話をしてほしいって頼まれたけど。

　洗濯物を取り込んでたたんだり、お部屋の掃除をしたり。

　晩ごはんの支度はそのあとでいいかな。

　結構やることが多くて大変。

「うっ、届かない……」

　部屋のいたるところにある大きな窓を拭き掃除してるんだけど、腕を伸ばしても上のほうまで届かない。

　何か踏み台になるものを持ってこないと。

「ひゃっ……なんですかっ」

　急に後ろからお腹のあたりに腕を回されて、ギュッと抱きつかれたからびっくり。

「んー……湖依にギュッてしたくなった」

　さっきまでソファでスヤスヤ寝てたのに。

「……甘えちゃダメ？」

「ダメですっ。今お仕事してるので」

「俺のこと構うのがいちばんのお仕事でしょ」

　さらにギュウッと抱きついてきて、全然離れてくれそうにない。

　仕方なく未紘くんがくっついたまま窓拭きを再開することにしたんだけど。

「あ、そーだ。湖依にこれあげる」

　渡されたのは手のひらサイズの丸い透明のケース。

　中には錠剤のようなものが入ってる。

「これなんですか？」

「発情を抑える抑制剤」

「よ、抑制剤……」

「発情が治まらないときに飲むといーよ」

　どうしても発情を抑えたいとき緊急薬として使っていいみたい。

　運命の番と出会った人は、これを常備しておくことが推奨されているんだとか。

　ただ、抑制剤を飲むと身体に大きな負担がかかるらしくて、服用するのはあんまりよくないみたい。

「これ緊急用だから普段使うのは禁止ね」

「じゃあ、いつ使えば……」

「使わなくていーでしょ。俺がキスで抑えてあげるから」

　顎をクイッと持ちあげられて、自然と未紘くんと視線が絡む。

　うっ……未紘くんってば近い……っ。

　この距離感にもまだまだ慣れないまま。

「……湖依が可愛くおねだりできたらキスしてあげる」

「っ……」

　わたしの心臓これから先ちゃんと持つか、とっても心配です。

甘えたがりな未紘くん。

　天彩学園に入学してから早くも1ヶ月が過ぎようとしていた。

　わたしの生活は入学した頃とそんなに変わらずで。

「未紘くん……！　起きてください！」

「ん……まだ湖依とギュッてしたい」

　朝から甘えたな未紘くんが全然起きてくれません。

「もう充分(じゅうぶん)してますよ！」

「んー……まだ全然足りない」

「きゃっ、ぅ……」

　毎朝こんなやり取りの繰り返しで、前よりも未紘くんの甘えたがひどくなっていて困ってます。

　毎晩わたしが一緒じゃないと寝てくれないし、朝も起こすとベッタリ抱きついてなかなか離れてくれない。

「……このまま湖依と寝たい」

「ちゃんと着替えて授業受けないとダメです」

「湖依がそばにいないの無理」

「わがままはほどほどにですよ！」

　最近気づいたことだけど、未紘くんは常に省(しょう)エネモード。

　自分のことにも他人にもあまり関心がないみたいで、いつも眠そうで、やる気なくてだるそうにしてる。

　今もわたしに抱きついたまま寝ちゃいそう。

「そろそろ準備しないと遅刻しちゃいます！」

「……湖依から離れたら死ぬ」

「離れてもそんなことになりません……！」

「俺が言うんだから間違いないでしょ」

　うっ、これじゃ全然らちが明かない……！

　こうなったらその場しのぎになっちゃうけど。

「えっと、じゃあ、夜にたくさんギュッてしましょう」

「……ほんとに？」

　埋めていた顔をあげて、じっとこっちを見てる。

　甘えてるときの末紘くんは、ちょっと猫っぽいかも。

「ほ、ほんとです！　約束します！」

「……んじゃ、いーよ。夜たっぷり甘やかしてもらうから」

　こうしてなんとか末紘くんを連れて学園へ。

　教室に入る寸前までわたしに抱きついて、離れるのやだって駄々をこねてた。

　お昼休み会いに行く約束をしてるから、たぶん大丈夫だとは思うけど。

＊　＊　＊

　——休み時間。

「はぁ……やっと休み時間だぁ……！」

「恋桃ちゃんお疲れ気味だね」

「だってさ、ここの学園の授業のスピードおかしいもん！」

「たしかにちょっとハイペースかもしれないね」

「ちょっとじゃないよ、だいぶだよ〜。わたし湖依ちゃん

みたいに頭良くないからついていくのに必死だよ～！」

　お疲れの恋桃ちゃんは、机におでこをつけてぺしゃんって伏せちゃってる。

　すると今度は恋桃ちゃんの机の上に置いてあるスマホがブーブー鳴ってる。

　ずっと鳴ってるから電話だと思うんだけど出なくていいのかな？

　恋桃ちゃんは机に伏せたままそれを無視。

　しばらく鳴り続けて、少ししてから切れたと思いきや。

　また鳴り始めて、今度はなかなか切れない。

「んー！　もう誰……！　わたしゆっくりしたいのに!!」

　やっと電話に出て電話の相手と少し話してから、恋桃ちゃんは不満そうに頬をぷくっと膨らませて。

　「もうっ、歩璃くんってば急すぎるんだよ!!　アルファクラスの校舎地味に遠いのに！」なんて言いながら教室を出ていっちゃった。

　歩璃くんって名前が聞こえたけど、アルファクラスにいる恋桃ちゃんのご主人様のことかな。

　恋桃ちゃんもいないし、ひとりだから特にすることもないので次の授業の準備でもしよう。

　……と思っていたら。

　廊下のほうから突然「キャー!!」って、女の子の叫び声のようなものが聞こえてびっくり。

　えっ、今の悲鳴はなに？

「……くんが一般クラスに来てるって!!」

「うそ〜!!　そんなことある!?　見に行くしかないじゃ
ん！」

「だよね!!　早く行こ!!」

　クラスにいる女の子たちほとんどが、何やら噂を聞いて
ワクワクした様子で廊下のほうに行っちゃった。

　はて……誰か来たのかな。

　女の子たちの声がどんどん大きくなって、廊下のほうが
さらに騒がしくなってる。

　ふと、前の扉のほうに目線を移すと。

「……あ。湖依いた」

「えっ！　未紘くん……!?」

　なんとびっくり。未紘くんがいるではないですか。

　それに未紘くんの周りを女の子たちが囲っていて、すご
いことになってるんですけど！

「キャー!!　青凪くん!!」

「どうしよ、いま目合ったかも……!!」

「かっこよすぎて無理!!」

　女の子たちのざわめきがピークを通り越して、教室から
廊下までみんなが未紘くんに釘付け状態。

　ま、まさかこの騒ぎの原因は未紘くん!?

　わたしが未紘くんのそばに近づいていくと、周りにいる
子たちが「青凪くんのお世話できるなんて羨ましすぎるで
しょ!!」とか「わたしも青凪くんに下の名前で呼ばれたー
い！」とか「あんなイケメンが四六時中そばにいるとか心
臓持たない!!」とか……。

　も、ものすごく目立ってる……！

　未紘くんが一般クラスに来るなんて珍しいし、すごい騒ぎになってるし。

　でも本人は自覚なさそう。

　未紘くんはやっと女の子たちの間を縫って、わたしのほうまで来た。

「……湖依に会いたくて死ぬかと思った」

「へ……っ」

　周りの視線なんてお構いなし。

　いつも寮にいるときみたいに、甘えてギュッと抱きついてきた。

「……昼休みまで待てない。湖依のこと充電させて」

「ひぇ……」

　教室から廊下まで「キャー!!」っと、今日いちばんの悲鳴が響き渡った。

「ま、まままってください未紘くん……！　みんなが見てます!!」

「んー……あんま気にならないけど」

「き、気にしてください！　周りすごいことになってます!!」

　引っ付いてきた未紘くんを引き離すと、未紘くんがぐるりと周りを見渡して。

　次の瞬間、とってもびっくりな出来事が。

　偶然未紘くんと目が合ったと思われる女の子が、顔を真っ赤にして急にパタッと倒れてしまった。

　えっ、あっ、えぇ!?

　未紘くんと目が合っただけで倒れちゃったの!?

「あわわっ、あの子大丈夫ですか!?」

「あー……なんかあんな感じで倒れる子よくいる」

「えぇ!?」

　お、恐るべし未紘くんパワー……。

　女の子たちをここまで夢中にさせちゃうなんて。

　……って、感心してる場合じゃなくて!

　倒れた子を保健室に連れて行かないと!

　そばに駆け寄ると、どうやら気を失ってるみたい。

「今すぐ保健室に運ばないと!　未紘くんも手伝ってください!　こんな状態の子、放っておけないです」

　立場的にわたしが未紘くんに命令するのはダメかもだけど、今はやむを得ないというか。

「……ん、わかった。俺が運ぶ」

　未紘くんが女の子を抱っこして、保健室まで連れて行ってくれた。

　わたしは一緒について行くことしかできなかった。

　未紘くんと保健室をあとにして教室に戻ろうとしたら。

「ねー、湖依。まだ充電できてないよ」

　わたしの制服の裾をちょこっと引っ張ってる。

「でも、もうすぐ次の授業が始ま──」

「ご主人様の言うことはぜったいでしょ」

　逆らっちゃダメって。

　強く見つめられて、何も言えなくなっちゃう。

＊　＊　＊

　こうしていったん校舎から抜け出して寮に戻ることに。
　ソファに連れて行かれて座ると、すぐさま未紘くんがわたしの肩に頭をコツンと乗せて、横から抱きついてきた。
「はぁ……疲れた。湖依のこと抱きしめないと死ぬ」
「抱きしめなくても死なないです。今までだって死んでないじゃないですか」
「もう出会っちゃったから無理なの」
　授業を受けてる間、少し離れてただけなのに。
　未紘くんは、ちょっと大げさなところがあったり。
「えっと、さっきは倒れた子を運んでくれてありがとうございました。ごめんなさい、わたし何もできなくて」
「……いーよ。ってか、湖依は誰にでも優しいよね」
「そうですか？」
「うん。困ってる人とか放っておけないでしょ」
「役に立てるなら何か少しでも力になれたらなぁとは思います」
「……湖依ぜったいモテるよね」
「えっ、なんでですか？　前も話したと思うんですけど、わたし男の子が苦手で。なので今までそんなに関わってきたことないんです」
　今こうして未紘くんと一緒にいることだって、前のわたしじゃ想像もできないと思うし。
「んじゃ、俺だけ？　湖依のそばにいる男」

　コクッとうなずくと。

　ちょっと強引に未紘くんのほうを向かされて、近い距離で見つめられて。

「じゃあ、これから先も湖依は俺しか知らなくていーよ」

「……？」

「俺以外の男なんか知らなくていい。俺だけ知ってれば」

　それってどういうこと？

　未紘くんは何を思ってそんなこと言うの？

　やっぱり未紘くんは何を考えてるか読めない。

　未紘くんの大きな手が、わたしの頬を包み込むように触れてる。

　触れられたところがちょっと熱くて、心臓がドキッとしてる。

「あの、えっと……あんまり触られるとドキドキしちゃいます……っ」

「……かわい。そーゆー反応が煽ってんのに」

　頬をふにふに触れられてくすぐったい。

　ダメって見つめても全然止まってくれない。

「ひゃっ……み、未紘くん……っ」

「……なーに」

　わたしの首筋のあたりに唇を這わして、肌に吸い付くようにキスを何度も落としてくる。

「あんまり近づくのダメ……です」

「……どうして？　湖依だから触れたいのに」

　スッとわたしの手を取って、指を絡めてしっかりつない

できて。

　どこもかしこも未紘くんの熱を感じるせいで、ドキドキが抑えられなくなっちゃう。

「……湖依の可愛いとこ、俺だけにもっと見せて」

　唇をうまく外して、頬とか唇の真横にもキスを落として。

　未紘くんのほうに抱き寄せられて身体がピタッと密着(みっちゃく)してる。

「……そんな可愛い顔して。俺が発情してもいーの？」

「やっ、ぅ……」

「発情したらさ……湖依の可愛い唇でたくさんきもちよくして」

「ま、まって……くださいっ」

　心臓のドキドキが加速してるのがわかって、これ以上触れられるのはとっても危険。

「……そろそろ身体熱くなってきた？」

「っ……」

　ちょっと限界を感じて、控(ひか)えめに首を縦(たて)に振ると。

　未紘くんがクスッと余裕(よゆう)そうに笑って。

「んじゃ、今はここまでにしてあげる。これ以上したら俺も止まらなくなりそうだし」

　ふらっとわたしのほうに倒れてきて、いつもみたいに膝枕状態で寝ようとしてる。

「少し寝るから。昼休みになったら起こして」

　さっきまであんなに暴走(ぼうそう)してたのに、急に寝るなんて言い出す自由人な未紘くん。

　それから30分くらいが過ぎたので起こしてみると。

「もうすぐお昼休みですよ」

「ん……まだ湖依の太ももで寝たい」

「起きてごはん食べましょ？」

　未紘くんのことだから、このまま甘やかしたらごはんを食べずに寝るの続行しちゃいそう。

「起きてくれないと、わたしどこか行っちゃいますよ」

「……無理。そんなの俺が許さない」

　わたしのお腹のあたりに顔を埋めて、ずっとギュッてしたまま。

　少し強引かもだけど、眠そうにしてる未紘くんの身体を揺すってみると。

「……安眠妨害しちゃダメ」

　わたしの手をつかんで、そのまま握ってきた。

　どうしても起きてくれなさそう。

　諦めかけたとき、ふと未紘くんのブレザーの袖口が目に入ってきた。

「あっ、ブレザーのボタンが取れかかってます」

「……いーよ。新調すれば」

「ちゃんとつけ直したらまだ着られます」

　ちょうどソーイングセットを持ち合わせていたので、このまま縫っちゃおうかな。

「ブレザー脱いでわたしに貸してください」

　寝起きの未紘くんは、なかなか言うこと聞いてくれないかな。

　……と思っていたら、急に身体をむくっと起こして。

「ん……脱ぐ」

　あっさりブレザーを脱いでくれた。

　よしっ、これで未紘くんがお昼を食べている間にボタンつけちゃえば──。

「あわわっ、脱ぐのはブレザーだけでいいです……！」

　なんでか未紘くんぜんぶ脱ごうとしてるんですけど！

「……湖依が脱いでって言うから」

「ブレザーだけです！」

「それじゃ面白くないじゃん」

「面白さ求めてないです！」

　危うく未紘くんがまた暴走するところだった。

　ボタンをつけてる最中も、未紘くんはベッタリ横から抱きついてきてる。

「湖依ってなんでも器用にこなすね」

「小さい頃からいろいろやってたおかげかもです」

　お母さんが仕事で家を空けているのがほとんどで、弥依お姉ちゃんも依佳も裁縫は不得意だったから、いつもわたしがやってたなぁ。

「昔ぬいぐるみが好きで、自分でぬいぐるみの洋服とか作ってました」

「……じゃあ、俺の洋服も作れるね」

「未紘くんは身体が大きいので難しいかもです」

「ぬいぐるみはできるのに俺のは無理とか不公平じゃん」

　未紘くん拗ねる基準がおかしいですよ。

「湖依がぬいぐるみにえこひいきしてる」

「し、してないです！　それにこれは昔の話ですよ！」

　作ってもらえないのが不服(ふふく)なのか、ちょっと拗ねた顔してる。

「あっ、でもマフラーとかなら作れるかもです」

「んじゃ、今すぐ作って」

「今から作ったら夏には完成しちゃいますよ」

「夏でもマフラーする」

「そんなことしたら熱中症(ねっちゅうしょう)で倒れちゃいます！」

「倒れたら湖依が看病(かんびょう)して」

　自由人な未紘くんの考え方がいまだにつかめません。

* * *

　夜の寮にて。

「うぅ、未紘くん！　いい加減お風呂入ってください！」

「……湖依が一緒じゃないと無理」

「それはわたしが無理です！」

「夜たくさん甘やかしてくれるって約束したの忘れた？」

「もう充分すぎるくらいギュッてしてます」

　寮に帰ってきていつもどおりメイド服に着替えてからお仕事をある程度すませたら、未紘くんのベッタリ攻撃(こうげき)が始まって。

　かれこれ１時間くらい、ずっとわたしから離れてくれません。

「んー……全然足りない。湖依不足で死にそう」

　ふたりっきりのときは、さらに甘えん坊度が増してるような。

　こ、こうなったら……！

「今すぐお風呂入ってくれないなら、今日の夜は一緒に寝ません……っ！」

　たまにはこうやって突き放さないと。

　キリッと睨んで、ちょっと強めに言ってみたけど。

「……湖依がいないと寝れない」

　あんまり効果がありません。

　むしろ未紘くんの口がいつもより達者になって。

「俺が寝不足になってもいーの？」

「…………」

「俺が湖依不足で死んでもいーの？　へー、湖依って冷たいね。俺はこんな離れたくないのに。ってか、俺の言うことには絶対服従だよね、逆らっちゃダメだよね？」

　グイグイ攻めてきて、さっきよりも饒舌になってる気がするんですけども！

　でもでも、ここで折れたらダメだ……！

　なんとしてもお風呂に行ってもらわなくては！

「じゃ、じゃあ、お風呂から出たら未紘くんが満足するまでそばにいます！」

「……そばにいるだけじゃ足りないって言ったら？」

「それは困ります……！」

「困ってる湖依も可愛いから、もっと困らせたくなる」

「うっ、未紘くんイジワルですね」

「ほんと反応がいちいちかわいーね」

　こんなやり取りを繰り返した結果。

　やっとお風呂に行ってくれた。

　この隙に食器を洗っちゃおう。

「ふぅ……ここまですごく長かった」

　それにしても、今日の女の子たちすごかったなぁ。

　あの場にいたほとんどの女の子が未紘くんに夢中になっていた。

　あれだけ騒がれちゃうほど、未紘くんの人気ってすごいんだなぁ。

　目が合うだけで倒れちゃう子もいるくらいだし。

　アルファクラスにいる男の子たちは、一般クラスの女の子みんなから凄まじい人気があるっていうのは聞いたことあるけど。

　まさかあそこまでとは。

「わわっ……きゃっ！」

　考え事をしていたら、お皿がツルッと手から滑り落ちてパリンッと割れてしまった。

　あぁ、やっちゃった。すぐに片づけないと。

　考え事しながら他のことをすると集中力が欠けちゃうから効率悪いなぁ。

　割れたお皿の破片を拾おうとして、これまた失敗。

「いた……っ」

　破片で指を切ってしまって血が流れてる。

うぅ……ついてない。

ショボンと落ち込みかけてると。

「……ケガしたの？」

後ろからふわっと石けんの優しい匂い。

パッと振り返ると、お風呂から出てきたばかりの末紘くんが。

「え、あっ、ごめんなさい。少しボーッとしてて。すぐに破片拾うので——」

「……そんなのあとでいーよ。それより湖依の手当てのほうが先でしょ」

「うわっ、きゃっ……」

「おいで。俺が手当てしてあげるから」

ひとりで歩けるのに、なんでかお姫様抱っこでソファのほうへ。

末紘くんが救急箱を持ってきてくれて、手際よく処置をしてくれてる。

「ご、ごめんなさい。末紘くんに手当てをさせてしまって」

「いーよ。俺いつも湖依にいろいろしてもらってるし」

仮にもわたしはメイドで雇われてる身なのに。

ご主人様で立場が上である末紘くんにこんなことさせてしまうなんて。

「えっと、あとで片づけはちゃんとします」

「またケガしたら大変だから俺がやるよ」

「で、でも……っ」

「ご主人様の言うことはぜったいでしょ」

　それを言われちゃうと、返す言葉がなくなっちゃう。

　結局お言葉に甘えることになってしまった。

「はっ……！　というか、あのお皿すごく高価なものですよね……!?」

　ここにあるものはどれも見るからに高そうな物ばかり。

　今さらだけど割ってしまったお皿もかなり高いものだったんじゃないかって。

「……どーだろ。あんま気にしたことないけど」

「ごめんなさい……。弁償できるものであれば──」

「いーよ、皿のことなんか気にしなくて。それより湖依が大きなケガしなくてよかった」

　失敗を怒るどころか、わたしの心配をしてくれるなんて。

　それにすごく丁寧に完璧に処置をしてくれた。

　普段から何を考えてるかわからなくて、甘えるばかりの末紘くんだけど。

「……痛くない？」

「だ、大丈夫です」

　こういう優しいところもあるんだって、あらたな一面を知れたような気がする。

☆
☆
☆
☆

第 2 章

メイドとしてのお仕事。

「湖依お姉ちゃんいいな〜！　まさか入学して早々に運命の番と出会っちゃうなんて羨ましすぎるよ〜！」

　　今日は久しぶりに実家に帰っていて、弥依お姉ちゃんと依佳に散々質問攻めにあってます。

　　ちなみに未紘くんには実家に帰ることは話していて、きちんと許可はもらった。

「恋愛にいちばん無縁そうな湖依が運命の番と出会うとはねー。人生何があるかわからないものね」

「しかもさ、相手の男の子ものすごくハイスペックなんでしょ!?　学園で選ばれた生徒しか入れないクラスにいるくらいなんだし!!」

「ど、どうなんだろう。でも、たしかに未紘くんすごくかっこよくて女の子にも人気で。だけど甘えたがりで……あっ、でも優しいところもあったりして……」

「ええ〜湖依お姉ちゃん、ちゃっかり相手の男の子といい感じになってるじゃん！　羨ましい〜わたしも天彩学園に入りたぁい！」

「依佳の今の学力じゃ無理でしょうね。湖依みたいに頭がいいなら希望はあるけど」

「弥依お姉ちゃんひど〜い！　ってか、湖依お姉ちゃんの運命の番ってどんな子なの！　写真とかないの！」

「ないかな。いつもふたりでいるのが当たり前だから、写

真撮ることそんなにないかも」

「やだ〜何その惚気！　いいなぁ、運命の相手と四六時中ずっと一緒にいられるなんて！」

　本能的に惹かれ合うっていわれてる運命の番と出会って一緒にいることは、きっと周りからすればすごく羨ましいことなんだろうけど。

　もし、未紘くんに好きな女の子ができたとしたら。

　その子への気持ちがあっても、本能が選ぶ相手——わたしとずっと一緒にいることを選ぶのかな。

　自分の気持ちと関係なく、運命の番っていう理由だけで本能が勝手に相手を決めちゃうなんて。

　そんなの悲しすぎるような気もする……。

　お互い想い合って一緒にいるほうが運命的だなってわたしは思うけど。

* * *

「それじゃ気をつけて帰るのよ？　また時間あるときいつでも遊びにおいでね」

「次来るときは相手の男の子も連れて来てよね！　それでまたたくさん話聞かせてね〜！」

「弥依お姉ちゃんも依佳もありがとう。今度はお母さんが仕事休みの日に来るようにするね」

　今日お母さんも家にいるはずだったんだけど、急きょ仕事が入って会えなかったから。

　あんまり遅くなるのはダメって未紘くんに言われてるから早く帰らないと。

　ほんとは送り迎えの車を用意するって言われたけど、わたしはメイドの身だしそこまでしてもらう必要はないので断った。

　駅のほうへ向かってる途中。

　スマホを片手に何やら困っている男の人がいた。

　見た目からして年齢は40代くらいかな。

　グレーのスーツに髪もセットされていて、とても清潔感がある見た目の人。

「あの、大丈夫ですか？」

　わたしが声をかけると、ちょっと驚いた様子を見せたあと頭を軽くかきながら。

「いや……実は恥ずかしながら道に迷ってしまってね。地図のアプリを使っているんだけど、いまいち使いこなせていないみたいで」

　落ち着いた声で、物腰のやわらかい感じの話し方。

　話を聞くと、タクシーで取引先の会社に向かう途中で渋滞にはまってしまったらしく。

「アポイントの時間に間に合いそうになくてね。仕方なくタクシーを降りて電車を利用しようと思ったんだけれど、道に迷ってしまって。こんなことならタクシーに乗っていたほうが早かったかもしれないなあ」

「ちなみにどこに向かわれているんでしょうか？」

「ここのビルなんだけどね。この駅から徒歩５分の位置に

あるみたいなんだけれど」

　スマホの画面を見せてもらって場所を確認すると、わたしの最寄り駅と同じところ。

「あっ、わたしもここの駅まで行くのでよかったら案内します！」

　こうして一緒に駅のほうへ。

　電車を乗り継いで最寄りの駅に到着。

　歩いて目的のビルまで向かうことに。

「普段は運転手や秘書にすべて任せきりなものだから情けないね。いい年したおじさんが道に迷って若いお嬢さんに助けてもらうなんて」

「わ、わたしもよく道に迷うので！」

　いまだに学園の中で迷子になることもあるし。

「お嬢さんは学校の帰りなのかな？」

「そうです。わたし寮で生活をしていて、今日久しぶりに実家のほうに帰っていたんです。今から学園に戻るところなんですけど」

「そうなんだね。じつは、わたしの息子も寮で生活をしていてね。お嬢さんと同い年くらいかな。生意気な息子で家にはあまり帰ってこないんだ」

「そ、そうなんですね」

「たまには顔くらい見せてほしいんだけどね」

　こんな会話をしていたら、目的のビルの前に到着した。

　最上階まで見上げていたら首が痛くなっちゃいそうなくらい高いビル。

「あっ、このビルですね！」

「あぁ、すまないね。こんなところまで連れて来てもらって」

「いえいえ！　約束には間に合いそうですか？」

「お嬢さんのおかげでなんとか間に合いそうだよ。ありがとう、ここまで案内してくれて。いつかこのお礼はさせてもらうからね」

「お礼だなんてそんな！　どうかお気になさらないでください……！」

「若いのにしっかりしてるね。それじゃ、お嬢さんも気をつけて帰ってね」

「はいっ」

　すごくいい人だったなぁ。

　それに、どことなく誰かに似てたような。

　気のせい……かな。

　はっ、こうしちゃいられない！

　早く寮に帰らないと未紘くんが心配しちゃう。

　夕方の６時までには帰るって約束してたけど、もうとっくに過ぎちゃってる。

　――で。帰ってみると不機嫌さ全開の未紘くんが待っていました。

「ごめんなさい、帰るの遅くな――きゃっ」

「……なんでこんな遅いの。めちゃくちゃ心配した」

「うぅ……そんな強く抱きしめたらわたしがつぶれちゃいます」

「湖依やわらかいから大丈夫」

　これはしばらく離してもらえなさそう。

　今日はメイドの仕事をお休みにしてもらってるから、やることはとくにないけれど。

「えっと、先に着替えちゃダメですか？」

「そーやって俺から逃げようとするんだ？」

「そ、そういうわけじゃ」

「んじゃ、俺が着替えさせてあげる」

「だ、だだだ大丈夫です！」

「いーよ、遠慮しなくて」

「してないです!!」

　着替えをするだけでもひと苦労です。

* * *

　やっぱり何もしないのは落ち着かないので、夜ごはんを作ることに。

　いま食べ終えて食器を洗っているところ。

　ソファに座ってる未紘くんが、じっとわたしのほうを見てる。

「久しぶりに家に帰ってどうだった？」

「お姉ちゃんや妹とたくさん話ができて楽しかったですっ」

「……湖依が楽しかったならいいけど。俺は寂しくて死ぬかと思った」

　さっきから未紘くんの寂しかったアピールが炸裂してて困ってます。

　何かと理由をつけて甘えてこようとしてるのバレバレですよ。

「帰るのが遅くなっちゃったのは理由があって」

「どんな理由？　俺より大切なの？」

「道に迷ってる人がいて、案内していたら遅くなっちゃいました」

「湖依ってほんと人がいいよね。んで、それは俺より大切なの？」

「うぬ……それは同じ天秤にかけるの難しいです」

　最近わかったこと。

　未紘くんは自分がいちばんじゃなきゃ嫌みたい。

　今もわたしがそばを離れてるのが不服なのか、不満そうな顔をしてる。

「ねー、湖依はいつになったら俺の相手してくれるの？」

「お皿片づけるのが終わってからです！」

「俺は皿以下ってことですかー」

　拗ねモードに入ってるときの未紘くんには、何を言っても敵いません。

　少しお皿が残ってるけど、切りあげて未紘くんのそばに行こうとしたら。

　急にひゅっと目の前を何かが通った。

　え、今のはいったい……。

　しかもちょっと大きくて黒いやつだったような。

「ひっ……!!　む、虫が飛んでます……!!」

「そりゃ窓開いてるから虫も入ってくるよね」

「な、なななんで未紘くんそんな冷静なんですか!!」

「虫なんか放っておけばどっか行くでしょ」

「む、無理です無理です……！　わたし虫すごく苦手なんです！」

　小さい頃キャンプに行ったとき。

　山の中を歩いていたら偶然頭の上に虫が落ちてきて。

　びっくりして走り回って、おまけに思いっきり転んでケガをした……という悲惨な思い出があるせいで、今でも虫は大の苦手。

「こ、こっち飛んできてます……！」

　お願いだから虫さん近づかないで！

「なんもしてこないから大丈夫だって」

「うぅ……無理なんです、怖いんです……」

　とっさに未紘くんの腕にギュッとしがみつく。

「……そんなに苦手？」

「苦手です、もう見たくないです、無理です」

　さらにギュウッと強く抱きつくと。

「んー……俺もいろいろ無理」

「やっぱり未紘くんも虫が無理なんですね」

「いや、そーじゃなくてさ。違う意味で無理」

　違う意味で無理とは？

　頭の上にはてなマークを浮かべるわたしと、頭を抱えてため息をついてる未紘くん。

「湖依さ……それ無意識？」

「っ……？」

「……わざとやってんの？」

「えぇっと、意味がちょっとよくわからな──」

　未紘くんがわたしの胸元を指さして。

「ここ……やわらかいのあたってる」

　とっさのことで何も考えずに未紘くんの腕に抱きついちゃったけど。

「え、あっ……ご、ごめんなさい……っ」

　うぅ……かなり大胆なことしちゃった。

　すぐに離れようとしたのに。

「その気にさせたの……覚悟して」

「へ……っ」

　未紘くんの瞳がいつもと違う。

　熱を持っていて、何かを欲しているように強く見つめて。

「……俺が満足するまで付き合ってもらうから」

「ま、満足って……」

「……可愛い湖依でたくさん満たして」

　耳元にかかる吐息が妙に熱くて、呼吸もいつもより荒い。

「俺が発情したら抑えるの……湖依の役目でしょ」

「な、なんで発情……」

「……湖依のせいだよ。大胆に俺のこと誘惑したんだから」

　顔をグッと近づけられて、唇が触れるまでほんの少し。

　絡む視線も、触れる体温も、近くで感じる吐息も。

「……ベッドいこ」

　何もかも──ぜんぶ熱い。

＊　＊　＊

「湖依……もっと唇押しつけて」

「ぅ……んっ」

　部屋に入ってベッドに押し倒されて。

　我慢できないってキスされて。

「はぁ……っ、やば。……止まんない」

「んんっ……」

　甘いキスの熱に溶けちゃいそう……っ。

　さっきから何回もしてるのに、未紘くんは全然止まって
くれない。

「……可愛い声もっと」

「っ……ぅ」

　発情してるのは未紘くんのほうなのに。

　キスされてるせいで、わたしまで身体がおかしくなって、
どんどん熱くなってくる。

「……キスしたらもっと興奮してきた」

「まっ……んぅ」

「口あけて……もっと湖依の熱ちょうだい」

　ボーッとして何も考えられなくて言われるがまま。

「……湖依もきもちよくしてあげる」

　熱い舌がゆっくり入り込んできた。

　少しずつ苦しくなってきたのに……身体がもっと欲し
いって未紘くんを求めてる。

「まって……もうこれ以上は……っ」

「……きもちよくておかしくなりそう？」

「あぅ……っ」

　キスしながら身体にも触れられて、身体の内側がうずいてもどかしい。

　キスをすればするほど甘さに溺れて……もっとたくさん欲しくなっちゃうのはどうして……っ？

「物欲しそうな顔して……もっとしたいの？」

　唇が離れても距離が近いまま。

　お互いの吐息がかかって……熱い。

「……俺は甘い湖依が欲しくてたまんないけど」

「んっ……」

「またそんな可愛い声出して……ほんと煽るのうまいね」

　この日は何回キスしたかわかんないくらい求められて。

　何度キスしても熱が治まることはなくて。

「みひろ、くん……っ、もう……んん」

「……身体こんな反応してんのに？」

「やぁ……っん」

「どんだけしても足りない……もっとしよ」

　熱がどんどんあがって、パッとぜんぶはじけて。

　それの繰り返しで……頭クラクラして、何も考えられなくなっちゃう。

未紘くんの幼なじみ。

　梅雨（つゆ）に入った６月のこと。

　学園ではもうすぐ期末テストがあるんだけれど。

「はぁ……なんで土曜も授業受けなきゃいけないわけ」

「未紘くんがいるクラスは特別に頭がいいからです」

　天彩学園では期末テスト数週間前から土曜日に午前中だけ授業がある。

　これはアルファクラスの生徒のみ。

　一般クラスよりも遥（はる）かにレベルが高くて、将来（しょうらい）を期待されているエリートクラスだからって、学園側が力を入れているみたい。

「……眠いつまんない死ぬ」

「そんなこと言っちゃダメです！」

「……ってか、湖依と一緒にいられないのがいちばん無理」

「午前中だけなので頑張ってください！」

「湖依に甘える時間奪われたせいで頑張れない。……学園ごとつぶしたくなる」

　機嫌が悪いときの未紘くんは、ちょっと物騒（ぶっそう）なことを言っちゃうところがあったり。

　朝もなかなか起きてくれなくて、今やっと朝ごはんを食べ終えて制服に着替えたところ。

　いつもなら一緒に学園まで行くけれど、今日は未紘くんだけが授業に参加なのでひとりでちゃんとクラスまで行っ

てくれるかちょっと心配。

　ふらっとどこかに行っちゃいそうだし。

　寮の入り口まで未紘くんをお見送り。

「それじゃあ、授業頑張ってください！」

「…………」

　無言（むごん）の圧力（あつりょく）……。行きたくないってわかりやすいくらい顔に書いてありますよ。

　それに、さっきからわたしの手を握って離してもくれません。

「えっと、じゃあ頑張れるようにギュッしましょう！」

　未紘くんがちゃんと授業受けてきますように！って、ギュウッてしたら。

「……ん。このまま湖依も連れてく」

「ダメですダメです！」

　こうしてなんとか未紘くんを送り出すことに成功。

　お昼には帰ってくるから、お昼ごはん用意して待ってないと。

　とりあえず部屋でゆっくりして、落ち着いたら部屋の掃除でもしようかなぁ。

　そして１時間くらいが過ぎて部屋の掃除をしていたら。

「あっ、カーディガン忘れてる！」

　ふと、ハンガーにかかったままの未紘くんのカーディガンが目に留まった。

　必要なら届けてあげたいけど。

　時計を見ると、もうすぐ１時間目の授業が終わりそうな

時間。
「今から寮出たら間に合うかな」
　カーディガンを届けてあげることにして、いちおうわたしも制服に着替えることに。
　未紘くんがいるアルファクラスに着くと、もうすでに1時間目の授業が終わっていた。
　未紘くんいるかなぁ。
　控えめに教室の中をぐるっと見たけどいないなぁ。
　まさかどこかでサボってるんじゃ。
「もしもーし、そこの可愛い女の子」
　未紘くんならありえそう。
　朝あれだけ行くの嫌がってたし。
「おーい。俺の声聞こえてますかー？」
　どうしようかな。
　どこにいるか連絡取ってみようかな。
「あれれ、俺無視されてるのかな？」
　急に視界に男の子の顔が飛び込んできてびっくり。
　明るめの髪に、少したれ目でふんわり優しそうな雰囲気の男の子。
　耳元には未紘くんと同じように、紫色の宝石のピアスをしてる。
「あ、やっと気づいてくれた。さっきから声かけてたのに無反応だったから」
「えっ、あっごめんなさい！　ボーッとしてて。こんなところにいたら邪魔ですよね！」

「いやいや全然。さっきからずっと教室の中を見てるから誰かに用事かなーって」

「えっと、未紘くん——じゃなかった、青凪くんっていますか？」

　すると、男の子が何やらじっとわたしを見て何か考えるそぶりを見せながら。

「あー、もしかしてキミが未紘の運命の番だ？」

「な、なんでそれを」

「だって未紘本人から聞いたし。それに、未紘と同じ宝石のやつ首元につけてるってことは未紘が気に入って自分のそばに置いてる証拠じゃん？」

　この人、未紘くんと仲いいのかな。

　未紘くんのこと呼び捨てにしてるし、よく知ってそうな口調（くちょう）だし。

「自己紹介が遅くなっちゃったね。俺は未紘の幼なじみの天音奏波（あまねかなは）です。こうして話すのは初めてだよね」

　ええ、未紘くんに幼なじみいたの？

　初耳なんですけども。

「未紘とは小さい頃から仲良くてね。まあ、いわゆる腐れ縁（くされ）ってやつかな」

「し、知らなかったです。幼なじみがいるなんて聞いてなくて」

「そうだよねー。未紘はさ聞いたら教えてくれるけど、自分から積極的に話すタイプじゃないし。あ、よかったら名前教えてくれる？」

「硴水湖依です」

「湖依ちゃんか。それにしても驚いたなー。未紘の運命の番がこんなに可愛い子だったなんて」

「か、かわ……!?」

「アイツ秘密主義みたいなところあってさ。番と出会ってメイドに指名したってことしか俺に話してくれないんだよねー」

「そ、そうなんですね」

「相手どんな子って聞いても俺が惚れる可能性あるくらい可愛いからぜったい教えないって言ってたからさ。探すのも禁止とか言うくらいで」

　今までずっと授業が終わってから未紘くんを教室まで迎えに行ってたけど。

　中に入るのはダメって言われてて、教室から少し離れたところで待ってるようにって言われていたから。

　それを天音くんに話してみると。

「あー、それは湖依ちゃんが可愛いからじゃない？　他の男の目に映したら取られるって思ったのかもね」

「わたしは可愛くないので、それはないかと」

「えー、自覚ないんだ？　俺はひと目見た瞬間めちゃくちゃ可愛いと思ったんだけどな」

　グイッと腕を引かれて、あっという間に天音くんの腕の中にすっぽり収まってしまった。

「……俺と未紘ってさ、好きなものすごく似てるんだよね」

　耳元でささやくように低い声が落ちてきた。

　距離は相変わらず近いまま。

「あと性格も似ててさ。自分が欲しいと思ったものはぜったい手に入れてそばに置いとくの」

「あのっ、近い……です」

　未紘くん以外の男の子とそんなに接することがないから、男の子に対する苦手意識が発動しちゃってる。

　控えめに天音くんの身体を押し返すと。

「ちょっと近づいただけでそんな真っ赤になっちゃうんだ？　……可愛いね」

　顔をひょこっと覗（のぞ）かれて、髪にスッと触れられて。

「未紘のものにしておくの……もったいないな」

「ひっ……ちょっ、まっ──」

　このままだと危ないかも……と思った直後。

　急に後ろからものすごい力で抱き寄せられて、視界も大きな手で覆われてしまった。

「……何してんの奏波」

　あ、この声は未紘くんだ。

「わー。不機嫌な未紘くん登場だ？」

「……俺の湖依に近づくとか何考えてんの」

「いーじゃん。せっかく顔見れて、こうして話せたわけだし。ねー、湖依ちゃん？」

「え、ええっと……」

　正直いま話しかけられても視界が塞（ふさ）がれてるので、どうしようもないというか。

　声的に未紘くんちょっと……いや、かなり怒ってて機嫌

が悪そう。

　何か嫌なことでもあったのかな。

「……あんまふざけたことすると奏波でも容赦しない」

「わーお、久々に未紘が本気でキレたとこ見たかも」

「奏波は俺の機嫌を悪くさせたいの？」

「いーや。俺はもっと湖依ちゃんと仲良くしたいなーって思ってるだけ。ほら、湖依ちゃんすごく可愛いし？」

「……この世から消されたいわけ？」

「だからそんな恐ろしいこと言うのダメだろー？　可愛い湖依ちゃんが怖がっちゃうぞ」

「…………」

　このふたりほんとに仲良しなのかな。

　だって、天音くんってば未紘くんの機嫌どんどん悪くしてる気がするし。

「じゃあ、湖依ちゃんまたね。俺そろそろ未紘に殺されちゃうかもしれないからさ」

　声のトーンはすごく明るいのに、言ってること物騒すぎるよ。

「えっと、未紘く──」

「……こっちきて」

　強く手を引かれて教室から遠ざかっていく。

　どこに行くのか聞こうとしたけど、前を歩く未紘くんは不機嫌オーラ全開。

　空いてる教室に入った瞬間──ガチャッと鍵がかかる音がして。

「……んっ」

　何も言わずに唇が重なった。

　急なことにびっくりして、キスから逃げようとしても。

　逃がさないってグッと唇を押しつけてくるから。

「ま……って……」

「……待たない。キスさせて」

　扉に身体を押さえつけられて、キスがどんどん深くなっていく。

　我慢できないって、何度も求めるように唇を重ねて。

　息するタイミング全然つかめない。

　前みたいに発情したからキスしてきてるの……？

「また発情……ですかっ？」

「……ううん、嫉妬（しっと）」

「嫉妬……？」

「俺、自分のものに手出されるのいちばん嫌い」

　キスが止まったと思ったら、隙間がないくらい抱きしめられて。

「そんなに強くされたらつぶれちゃいます」

「……いま湖依と離れるの無理」

　未紘くんの甘えたが発動してるから、しばらくはこのままかな。

　せっかくカーディガンを届けに来たのに、まさかこんなことになっちゃうとは。

「あー……ほんと奏波は俺をイライラさせる天才だね」

「……？」

「いま上に着てるやつ脱いで」

「へ……っ」

　甘え始めたと思ったら、今度は急に脱いでってどういうことですか……!?

「ちょっ、待ってください……っ！」

　わたしの返事なんてお構いなしで、いまわたしが着てるカーディガンを脱がそうとしてきてる。

「……無理。湖依から奏波の匂いするとか……嫉妬でおかしくなりそう」

　さっき少しだけ天音くんと距離が近かったときに匂いが移ったのかな。

「そ、そんなに天音くんの匂いしますか？」

「……する。いつもの湖依の甘い匂いと違う」

　未紘くん鼻がよすぎでは？　自分だとあんまりわからないものなのかな。

「……他の男の匂いなんかさせちゃダメ」

　いま着てるカーディガンを脱がされて、代わりに未紘くんのカーディガンを着せられた。

　せっかく未紘くんのために届けに来たのに、結局わたしが着ちゃった。

　それに、こんなことしてる間に次の授業開始のチャイムが鳴ってしまった。

　さっきからずっと未紘くんは、いつものようにわたしに抱きついたまま。

「……奏波とはぜったい会わせたくなかった」

「どうしてですか？」

「奏波は俺と好きなもの似てるから。ぜったい湖依のこと気に入ってる」

　あれ、たしか天音くんも同じこと言ってたっけ。

「幼なじみだからわかる。奏波が湖依に興味示してること」

「そう……ですかね。ただ純粋に仲良くしたいと思ってるだけじゃ──」

「……違う。湖依は男をなんもわかってない」

「っ……？」

「仲良くしたいとかそんなの表面上だけで、下心もってるやつばっかだから」

「わたし男の子苦手なので、たぶん仲良くするのは無理そうかなって」

「……湖依は可愛すぎるし鈍感だから心配。俺だけでしょ、可愛い湖依を知ってるのは」

　なんだか今日の末紘くんは、甘えたり急に過保護になったり。

「俺以外の男はみんな敵だと思って接しないとダメ。優しくなんてしたら勘違いするから」

「て、敵ですか」

「そう。みんな湖依を狙う悪いやつらばっかだから」

　そんな悪そうな男の子あんまりいないような気がするけれど。

　ここまで心配してくれるなら気をつけないと。

「ね、湖依。ひとつ約束して」

「なんでしょう」

「……奏波とふたりっきりになるのぜったいやめて」

「たぶんならないと思いますよ？」

「いや……奏波のことだからぜったい何か仕掛けてくる。俺と一緒で欲しいものは自分のそばに置いて、手離したくない性格だから」

　欲しいものっていったいなんだろう？

「……ぜったい奏波に渡したくない」

　さらに力強くギュッと抱きしめながら。

「湖依は俺のだよ」

　静かに胸のあたりがトクッと跳ねた。

　発情とは違う、この気持ちは何……？

ヒミツで甘い刺激的な時間。

　無事に期末テストが終了して、学園はもうすぐ夏休みに入る頃。

　明日は休みだから掃除洗濯がはかどりそうだなぁ。

　あっ、天気がよかったらベッドのシーツも洗いたいなぁ。

　いつもどおり未紘くんと寮に帰って、制服からメイド服に着替えて仕事をしようとしたら。

「……今から出かけるから着替えなくていーよ」

「どこに行くんですか？」

「俺の父さんの会社」

「えっ、今から行くんですか？」

「……そう。たまには顔見せろって」

　そういえば、たしか未紘くんのお父さんって会社を経営してるって前にちらっと聞いたような。

「そうなんですね。じゃあ、帰りは遅くなりますか？　晩ごはん作って待ってます！」

「……湖依も一緒に連れて行くけど」

「え……ええ!?　な、なんでわたしもなんですか!?」

「湖依が俺の運命の番だって話したら会いたいって」

「な、なるほど……」

　そっか。いちおう雇ってもらってる身だし、ご両親に挨拶もしなきゃダメだよね。

　こうして未紘くんのお父さんがいる会社へ向かうことに

なった。

　学園の外に出るときは必ず迎えの車で移動をしてる。

「到着いたしました」

　運転手さんが扉を開けてくれて、車を降りてびっくり。

　ギョッと目が飛び出ちゃいそう。

　今まで立ち入ったことない、ものすごく大きなガラス張りのビル。

　少し前、道に迷っていた男の人を案内したときのビルよりも、もっともっと高くて見上げたら首が折れちゃいそう。

　ビルの中に入ると、エントランスもすごく広くて、受付の女の人が未紘くんに向けて深くお辞儀(じぎ)をしてる。

　未紘くんは「どーも」なんて軽く挨拶してるけど。

　エレベーターの前に着くと、30代くらいのスーツを着て髪をひとつにまとめた品(ひん)のある女性がいた。

「未紘様お久しぶりですね。お待ちしておりました」

「高梨(たかなし)さんどーも。お久しぶりです」

「何ヵ月ぶりでしょうか。こうして会社でお顔を合わせるのは」

「だって別に父さんに用事ないし」

「社長が聞かれたら落ち込まれますよ。たまには未紘様のお顔が見たいとぼやいておりますから」

　この綺麗な女の人は会社の人なのかな。

　未紘くんとすごく親しそうに話してるし。

「あ、この人父さんの秘書やってる高梨さん」

「はじめまして。高梨と申します。ご挨拶が遅れて申し訳

ございません」

「あっ、いえいえ」

　えっと、これってわたしも自己紹介したほうがいいのかな……なんて迷っていたらエレベーターが来てしまった。

　ものすごいスピードであがって、到着したのは最上階。

　高梨さんに案内されて社長室と書かれた部屋のほうへ。

　ほ、ほんとにこんな制服で来てよかったのかな。

　なんだかわたしだけ場違い感がすごいような。

「もっとリラックスしていーよ。社長って肩書きだけで見た目はただのおじさんだし」

　そう言われても……。

　ドキドキ緊張して、身体がカチコチになっちゃう。

　高梨さんが扉を軽くノックして。

「失礼いたします。未紘様がいらっしゃいました」

　中に案内されて、未紘くんのあとについて入ると。

「久しぶりだね。やっと顔を見せてくれたか」

「父さん久しぶり。もう顔見せたから帰っていい？」

「こらこら、会って早々それはないんじゃないか？」

　わぁ……未紘くんのお父さん初めて会った……ん？

　あれ、待って。この人どこかで会ったことあるような。

「……で、そちらの可愛らしい子が未紘の——ん？」

　未紘くんのお父さんも、何やらわたしのことをじっと見て首を傾げてる。

　なんだか初めて会ったような気がしないのはなんで？

「おや、この前わたしを助けてくれたお嬢さんじゃないか」

「あっ、あのときの！」

　そうだ、思い出した！

　ちょっと前に道を案内した人だ！

　その人が未紘くんのお父さんだったなんて！

「まさかこんなかたちで再会することになるとはね。びっくりだよ。あらためてこの前はありがとう」

「あ、いえいえ！」

　あのとき、どことなく誰かに似てるなぁと思ったけど、未紘くんに似てたんだ。

「……父さんと湖依って知り合いなの？　なんか俺だけ置いてけぼり状態なんだけど」

「あぁ、じつは少し前に道に迷っていたところを助けてもらったんだよ。困ってるわたしに声をかけてくれて目的地まで案内してくれてね」

「……へぇ。まあ、湖依優しいからね」

「まさかその子が未紘の運命の番だったなんてなあ。相手がどんな子か気になっていたが、こんなに優しくていい子なら文句なしだなあ」

「……なんで父さんが湖依のこと気に入ってんの」

「そうか、湖依ちゃんって言うのか。名前まで可愛らしいじゃないか」

「……なに馴れ馴れしく呼んでんの」

「そうかそうかあ、未紘の運命の相手がこんなに素敵な女の子とはな」

「……俺の話全然聞いてないし」

　最初は未紘くんのお父さんに会うの緊張してたけど。

　話しやすくて人柄(ひとがら)がすごくいいから話しやすいなぁ。

「そうだ。もうすぐ仕事が終わるから、よかったら一緒に夕食を食べないか？」

「……パス。堅苦(かたくる)しいレストラン嫌い」

「まあそう言うな。せっかくだから湖依ちゃんも一緒に3人で楽しく話そうじゃないか」

　未紘くんは行きたくなさそうだけど、未紘くんのお父さんは久しぶりに未紘くんと会えてうれしそうだし。

「湖依ちゃんはどうかな？」

「あっ、ぜひご一緒させてください！」

「ほら、湖依ちゃんもこう言ってくれているし。未紘が一緒に来ないならわたしと湖依ちゃんふたりで——」

「……そんなの許すわけないでしょ。俺も行くし」

「ははっ、そうか。それじゃあ、仕事を片づけて車を呼ぶから少し待っててもらえるかな」

　こうして未紘くんのお父さんの仕事が終わって、3人でホテルの中に入っている高級そうなレストランへ。

「お待ちしておりました、青凪様」

「すまないね。急に無理を言ってしまって」

「いえいえ。個室をご用意しておりますのでご案内いたします」

　ひぇぇ……ますますわたしだけ場違い感がすごいような気がする。

　こんな高そうなレストランで食事したことないから、

テーブルマナーとか大丈夫かな。

　メニューを渡されたけど、料理の名前が見たことないものばかり。

　メニューとにらめっこしてると。

「……湖依は決まった？」

「えぇっと、何を頼んだらいいかわからなくて」

「……んじゃ、俺と同じものでいい？　湖依が好きそうなもの頼むから」

「ご、ごめんなさい。こういう場所に慣れてなくて」

「……いーよ、謝らなくて。困ったら俺を頼ればいいから」

　普段の未紘くんは甘えてばかりだけど、こういうときはちゃんとリードしてくれる。

「これは驚いたなあ。未紘が他人にここまで優しくするとはな。普段頼られるのは面倒で嫌がるのにな？」

「……湖依は特別」

「そうかそうか。未紘にも特別だと思う子ができたんだな。昔から他人に興味がなくて、人間関係もテキトーでいいって言っていたのが嘘みたいだ」

「……湖依は他の子と違うから。内面は優しくて面倒見いいし。こんな可愛い子を放っておくほうがおかしいでしょ」

「ははっ、すごい惚れこみようだな。未紘が湖依ちゃんに夢中なんだなあ」

　食事を進めていくなかで、話題は未紘くんのお母さんのことに。

「……そーいえば母さんはまたどっか行ってるの？」

「最近も急にパリの有名なショコラティエのチョコレートが食べたいって言いだして飛行機で飛んでいったよ」

「へぇ……母さんは相変わらずだね」

　えっと、今さらっとものすごいこと言ってたような。

　そんな簡単に海外に行っちゃうのが普通なのかな。

　未紘くんは驚く様子もなくすんなり受け止めてたけど、わたしは内心めちゃくちゃびっくりしてるよ。

「未紘くんのお母さんはいま旅行中なんですか？」

「そうだね。妻は自由な性格でね。思い立ったらすぐ行動するタイプだからよく海外を飛び回ってるよ。それで家を空けていることが多いんだ」

「そうなんですね」

　未紘くんの自由な性格はお母さん譲りなのかな。

　もし機会があればいつかお話できたらいいなぁ。

　こうして楽しい時間はあっという間に過ぎていき――。

「そうだ、よかったらこのまま屋敷のほうに泊まっていかないか？　もう時間も遅いことだし。明日はちょうど休みだしな」

　未紘くんのお父さんの提案で、急きょ未紘くんのお屋敷に泊まることが決まった。

　そういえば未紘くんのお屋敷に行くのは初めてだ。

　きっと、ものすごいところに住んでるんだろうなぁと思ったら予想的中。

　車が到着すると自動でお屋敷の門が開いて、ドラマでしか見たことないような大豪邸が目の前に。

　どこかの国のお城みたいな外装に、中もとてつもなく広くて、執事さんやメイドさんがたくさんお出迎え。

「自分の家だと思ってくつろいでくれていいからね」

　お金持ちの世界すごすぎです。

「湖依ちゃんはゲストルームに案内しようか」

「……いや、なんで湖依がゲストルームなわけ」

「お客様をゲストルームに案内するのは当然だろう？」

「湖依と違う部屋で寝るとか無理。俺に死ねと言ってるの？」

　そ、そんな大げさな。

「ははっ、そんなに湖依ちゃんと離れるのが嫌なんだな？」

「……湖依は俺の部屋でいーの」

　結局未紘くんの部屋に泊まることになった。

「はぁ……疲れた。今すぐに湖依のこと抱きしめないと気失う」

　ひとりで寝るには大きすぎるサイズのベッドに連れて行かれて、いつものギュッてするパターン。

「……もうこのまま寝る？」

「ダメですよ。まだ着替えてないですし、お風呂にも入らなきゃです」

「んじゃ、一緒に入る？」

「入りません！」

「えー……いいじゃん、お風呂くらい」

　後ろから器用に制服のリボンをシュルッとほどいて、ブラウスのボタンも外しちゃってる。

「お風呂くらいじゃないです……っ！　恥ずかしくて茹で
られちゃいます」

「メイドの仕事だって言っても？」

「そ、そのお仕事は許容範囲内じゃないです！」

「……湖依が可愛すぎるのが悪いのに」

　耳元で甘いささやきが聞こえる。

　首元にかかる髪をどかされて、やわらかい唇の感触を
グッと押しつけてくる。

「ひぇ……っ、くすぐったい……です」

「湖依がお風呂一緒に入るの嫌がるから」

　顎をクイッとつかまれて、ちょっと強引に末紘くんのほ
うを向かされて。

　あとちょっとで唇触れちゃいそう……っ。

「……ブラウス乱れてんのエロいね」

「見ちゃダメ……です」

「隙間から肌見えてると触りたくなる」

「ひ……ぁ」

　指先で軽くお腹のあたりに触れられて、ジンッと身体が
熱くなる。

「……もういいじゃん。このままぜんぶ脱いで俺とお風呂
入ろ」

「やっ、ほんとにダメ——」

　ブラウスから腕を抜かれちゃいそうになる寸前。

　部屋の扉がノックされた。

「はぁ……なんなの。せっかくいいとこだったのに」

「だ、誰か来たみたい……ですよ」

「無視して続きしよ」

　反応がないからか、ノックの音がドンドンッて大きくなってる。

「ほ、ほら誰か来てますよ。開けてあげないと」

　逃げ道をなんとか作ろうとするわたしと、邪魔が入って不満そうな未紘くん。

「寝るとき覚えてなよ」

「へ……っ」

「……寝かせてあげないから」

＊　＊　＊

　未紘くんがそばを離れた隙にお風呂へ。

　さっき不機嫌そうなオーラ全開だったし、すごく危険なこと言ってたし。

　うぅ……どうしよう。わたし今日このままお風呂で泊まろうかな。

　でもそんなの無理だし、そもそも未紘くんが許してくれるわけないし。

　しばらくして、お風呂から出て大変な事態に気がついた。

　ど、どうしよう。着替えとか何も持ってない！

　一瞬かなり焦ったけど、バスタオルのそばに着替えが用意されてる。

　これ未紘くんの服かな。

　着てみるとサイズがかなり大きくて、Tシャツの丈が膝より少し上くらい。

　部屋着としてはゆるっとしててちょうどいいかな。

　未紘くんがいる部屋に戻ると。

「はぁ……やばその格好」

「きゃっ……！　急になんですか……！」

　わたしを見つけた途端、ため息をついて抱きしめてきた。

「これ用意したの俺だけどさ」

「……？」

「想像よりずっとエロいから興奮しちゃうじゃん」

「……っ!?　み、未紘くんも早くお風呂入ってきてください……！」

* * *

　未紘くんもお風呂をすませて、やっと寝る時間に。

「……なんで湖依はソファで寝ようとしてるわけ」

「今日の未紘くん危なそう……ですもん」

「俺が危ないのはいつものことでしょ」

「じ、自覚して──」

「いつもどおり俺と寝ようね」

　結局、ベッドに連れて行かれてしまった。

　未紘くんから逃げるようにベッドの端っこで身体を丸めていても。

「……なんでそんな端にいくの。俺のとこおいで」

　すぐに距離を詰められて、あっという間に後ろから包み込まれちゃう。

　このまま寝てくれるのかな。

　未紘くんのことだから何かしてくるんじゃ。

「……そーいえばさ、父さんのこと助けてくれたんだね」

「え？」

「道に迷ってる見ず知らずのおじさんに声かけるって、一歩間違えれば危ないこともあるのに」

「えっと、未紘くんのお父さんはそんな危ない人に見えなかったです。あと、ほんとに困ってる様子だったので、放っておけなくて」

「……誰かが困ってても面倒ごとに巻き込まれるのが嫌で知らん顔する人がほとんどなのに」

「みんな困ってる人を助けるのは面倒なんですか？」

「んー……まあ、極力関わりたくないって思う人がほとんどなんじゃない？　助けてもメリットないし」

「そうなんですね。でも、誰かが困っていたら助けたり支え合うのが大切かなって。メリットとか考えたことなかったです」

「湖依ってほんと心が綺麗だよね」

「そんなことないですよ。それに、人を助けると"ありがとう"って感謝の気持ちを伝えてもらえて心があたたかくなるので、わたしはそれで充分です」

　ちょっとの間、未紘くんは何も言わなくてシーンとしたまま。

　あれ、もしかして寝ちゃった？

「……なんか俺ばっかり湖依の魅力に惹かれてる」

「え？」

　身体をくるっと回されて今度は正面から強く抱きしめられて。

「俺さ湖依のそういう優しいとこ……すごく好き」

　いま好きって2文字が妙にはっきり聞こえて。

　心臓がドキッと大きくわかりやすく跳ねた。

　きっと何気なく言っただけで——そんなに深い意味はないはずなのに。

　不意打ちはものすごく心臓に悪い。

　それにわたしの心臓さっきよりもすごく騒がしくなってるの、どうして？

「……心臓の音すごいね」

　これは、末紘くんがそばにいるからドキドキしてるの？

　それともさっき末紘くんが何気なく好きって言ったことにドキドキしてるの？

「末紘くんのせい、です」

「なんで俺のせいなの？」

　末紘くんの危険なスイッチが、カチッと入っちゃったような気がする。

　薄暗い中でも、ちょっと危険な瞳をしてわたしを見てるのがわかるから。

「……そんな可愛い顔して。俺のことどうしたいの？」

「えっと、うぅ……」

　恥ずかしくなって逃げようとすれば、それを先に読まれて抱き寄せられて。

　しかもイジワルな未紘くんは、Tシャツの上からわたしの背中をツーッと軽くなぞりながら。

「……今この下なんもつけてないでしょ」

「っ……！　な、なんでわかるんですかぁ……」

「いつも抱きしめてる身体だし」

　ドキドキがさらに加速して、ちょっとずつ身体がいつもと違う感じになってる。

「身体くっつけるとさ……やわらかいのあたんの」

「ぅ……やっ……」

「……こんな誘うような格好されたら興奮しないほうがおかしいでしょ」

　艶っぽくて色っぽい……魅惑的な未紘くんの表情。

　誘うような瞳で見つめられて、身体が自然と熱を持ち始めてる。

「甘い刺激……欲しくない？」

「っ……」

　危険なささやきにクラクラする。

　これ以上未紘くんをそばに感じたら……発情しちゃう、かも。

　だから自分の中でなんとか抑えようとしてるのに。

「……我慢してんの？」

「ひゃっ……」

　首筋を舌で舐められて、チュッと強く吸われて。

「……かわいー声」

　Tシャツの裾が軽く捲られて、お腹のあたりにヒヤッとした空気が触れた。

「ほら……こんな簡単に湖依の肌に触れんの」

「やっ……服の中、手抜いて……ください」

　首筋の刺激もやめてくれないし、肌をなぞる手もどんどん上にあがってる。

「……そろそろ欲しくなってきた？」

「っ……」

　わざと焦らすように、もっと欲しくなるような触れ方。

　身体の熱がブワッと一気にあがって、心臓がドクドク激しく動いてる。

「……発情した？」

「ぅ……っ」

　身体が熱いまま。

　熱が分散しなくて、もどかしさがつのっていくばかり。

「キスして欲しくてたまらないでしょ」

　頭ではこれ以上はもうダメって思っても、本能がもっと欲しがれば止めることなんてできない。

　でもこれって……ただ本能が求めてるだけ……？

　その中に未紘くんに対する気持ちは何もないの……？

　未紘くんも、ただ本能が求めるからわたしに触れるだけで……わたしへの気持ちは何もないのかな。

「……俺のこと欲しいって、可愛くねだって」

「っ……」

「そしたら……とびきり甘いきもちいいキスしてあげる」

　発情してるときは理性が全然機能しない。

　普段ならぜったい恥ずかしくて言えないことも、簡単に出てきちゃいそうで。

「もう限界でしょ？　そんなとろけた顔して」

　グッと顔を近づけてきて……唇が触れるまで、ほんとに少し。

「そんなイジワルばっかりしないでください……っ」

「してないよ。俺はただ可愛い湖依が見たいだけ」

「うっ……それがイジワルなんです……っ」

「湖依からの可愛いおねだりはまた今度にしよーかな。俺のほうがもう限界だし」

「ん……っ」

　触れるだけのキスから、どんどん深くなって。

　一度キスしたら治まるはずなのに。

「……キスきもちいいから発情治まんないね」

「ふっ……ぅ」

　口の中で熱が暴れてかき乱して。

　苦しいのに、どこかきもちよさを感じてずっとキスしていたいって求めちゃう……っ。

　拒否することだってできるのに。

　それに未紘くんは、どういう気持ちでわたしにキスして触れてくるの……？

　別にわたしのこと想う気持ちがなくても……番だからっていう理由だけでキスできちゃうの……？

　あぁ、ダメ……。考え始めたら胸のあたりがちょっとモヤモヤしてる。

「ね……湖依。この部屋の壁薄いの知ってる？」

「やっ、じゃあ……もうやめ……っ」

「……やめない。湖依が声我慢して」

　甘くて激しいキスも、身体に与えられる刺激も……ぜんぶ止まらなくてクラクラする。

　息も乱れて、身体にも力が入らなくて。

「……そんな声出してさ。誰かに聞かれるかもしれないよ」

「んぁ、ぅ……」

　どんなに声を我慢しようとしても、末紘くんが与える刺激が身体中に響いて抑えるのできない……っ。

「ねぇ、ほら可愛い声で鳴いてよ」

「だって、誰かに聞かれたら……っ」

「……あんな簡単な嘘信じちゃうの？」

「へ……」

　今日の末紘くんは焦らして求めてとことんイジワルで。

「……いいよ、たくさん甘い声出して」

「んっ」

「俺が満足するまで寝かせない」

　とびきり甘すぎて狂っちゃいそうなくらい――熱に呑まれていく。

甘く求めて、求められて。

「胃が痛いです……」
「湖依は今日もかわいーね」
「心臓が飛び出そうです……」
「俺とキスしたいの？　する？」
「会話が成立してません……！」
　突然ですが、いま未紘くんと一緒にとんでもない場所に
連れてこられています。

* * *

　さかのぼること数時間前。
　学園は夏休みに入っているので、今日もある程度メイド
の仕事を終わらせて少しゆっくりしてると。
　突然未紘くんから告げられたこと。
「パーティー参加するから着替えて」
「え？」
　ドサッと大きな紙袋を渡された。
　中を確認すると淡いブルーのドレスと、それにあわせた
ヒールのある靴。
「遅刻すると父さんに怒られるから」
「え、え？」
　ちょっと待ってください、今なんて？

　状況が把握できてないのですが！

「あと屋敷から使用人呼んだから。準備手伝ってもらうといーよ。俺はテキトーに準備して先に迎えの車で待ってるから」

「えっ、ちょっ未紘く──」

　ほとんど説明なしで、未紘くんは部屋を出ていってしまった。

　しばらくするとスーツを着た女の人が５人ほど現れて。

「準備をお手伝いさせていただきます」

　手際よくいろんなものが部屋の中に運ばれてきて、わたしの頭は全然理解が追いつきません。

「お洋服のほう失礼いたしますね」

「ひぇっ」

　着ていたものぜんぶ脱がされてドレスを着せてもらい。

　髪やメイク、ネイル……ぜんぶやってもらって。

　まさに至れり尽くせりとはこのことなんじゃ。

　１時間ほどで準備がすべて終わって、未紘くんが待つ車のほうへ。

「……ドレス可愛いじゃん」

「こ、これどうなってるんですかぁ……」

　未紘くんは、茶色のスーツに赤いネクタイを締めて、いつもと雰囲気が違ってすごく大人っぽい。

　それに髪も軽くセットしてるから、いつもの未紘くんじゃないみたいでドキッとしたのは内緒。

* * *

　パーティーが行われるホテルに到着して、未紘くんにエスコートしてもらいながら会場へ。

　今回のパーティーは本来なら会社の関係者しか招待されないみたい。

　でも、未紘くんのお父さんがぜひわたしたちも参加してほしいって。

　未紘くんはともかく、わたしは招待してもらえるような立場じゃないのに。

「うっ……心臓が飛び出そうです」

「それさっきも聞いたよ」

　雰囲気に呑み込まれちゃいそうで、緊張して口の中が渇いてるし、動きもロボットみたいにカチカチ。

「そんな緊張しなくて大丈夫だと思うけど」

「む、無理です……今すぐ帰りたいです」

「俺みたいなこと言うね」

「というか、なんでもっと早く教えてくれなかったんですかぁ……」

「あー……忘れてた」

「不安で押しつぶされそうです……」

　未紘くんはパーティーなんて慣れてるかもしれないけど、庶民のわたしからすればとっても緊張しちゃうもの。

「俺が隣にいるから安心して」

　こういう場では雰囲気に合わせて落ち着いてるのが未紘

くんのすごいところ。

　会場にはスーツやドレスを着こなした大人がいて、その数にも会場の広さにも驚くばかり。

　未紘くんはそんなことあまり気にせず、わたしの手を引いてグイグイ会場の中へ進んでいく。

「おや、未紘くんじゃないか。久しぶりだね」

「お久しぶりです」

　未紘くんよりもずっと年齢が上の人たちが、未紘くんに気づくと声をかけてきたり。

　わたしはただ黙って会話を隣で聞いてることしかできないけど。

　未紘くんは自分よりもずっと年上の……おそらく会社関係の人と対等に話をしてる。

　会話が途切れないし、未紘くんの受け答えもスラスラ出てくるからすごい。

　普段のゆるい未紘くんからは想像できないくらい。

　自分が知らない未紘くんの一面を見て……素直にすごくかっこいいって思った。

「……少し挨拶回りしろって父さんから連絡来た」

「あっ、そうですよね」

　未紘くんがそばにいないと不安だけど。

　でも、こんなところでわがままは言っちゃダメだし。

　少しの間なら会場の隅でひとりで過ごせるかな。

「わたしは大丈夫なので、お父さんに言われた通りいってきてください」

「……ほんとに？　不安だったら誰か呼ぶけど。屋敷の人間が数人会場にいるだろうから」

「いえいえ！　そこまでしてもらうの申し訳ないので、ひとりで大丈夫です！」

「なるべく早く戻るから。何かあったらすぐ連絡して」

「わ、わかりました。待ってます」

　未紘くんと別れてから、ひとり会場の隅っこへ移動。

　きっと、わたしに声をかけてくる人なんて誰もいないと思っていたら。

　ふと目の前に３人、着飾った女の人たちが現れて、飲み物が入ったグラスを渡してきた。

「よかったらこれ飲みます？」

　わたしと同い年……もしくは少し年上くらいかな。

　てっきりこの会場には大人しかいないと思っていた。

「あっ、ありがとうございます」

　断るのは失礼かと思ったから、もらった飲み物を口にするとちょっと変な味がする。

　舌に残るような、少しクセの強い味。

　今まで飲んだことないものかも。

「あ、ごめんなさい。年齢確認するの忘れたけれど、それお酒なの。大丈夫かしら？」

「え？　こ、これ、お酒なんですか？」

　どうしよう……少し飲んじゃったけど平気かな。

「もしかして、まだお酒飲める年齢じゃなかったかしら？」

「は、はい。まだ高校生で……」

「そうなの？　てっきりこの場にそんな年齢の女の子がいるなんて思わなくて。ついうっかり挨拶の感覚でお酒を渡しちゃってごめんなさいね」

　3人ともクスクス笑いながら「どうりでこの場に合わない子がいると思った」なんて言われてしまった。

「わたしの父がね、未紘くんのお父様の会社と取引させてもらってるの。それでこのパーティーにも毎年招待してもらっているの」

　ドレスのほかに身につけている小物はどれも有名なブランド品ばかりで、いかにもどこかのご令嬢って感じかな。

「あなたさっき未紘くんの隣にずっといたみたいだけど。どういう関係かしら？　会社関係の方……ではなさそうよね。それともご両親が会社の関係者なの？」

「あ、えっと……わたしは未紘くんの付き添いというか。急きょ一緒に参加してほしいと言われて」

「それはつまり未紘くんに選ばれてここに来てるって言いたいの？」

「えぇっと、そういうわけでは……」

　どうやら相手の女の人たちの気を悪くさせたみたいで、3人ともすごい目つきでこっちを睨んでる。

「さっき驚いたのよ。未紘くんが女の子を連れているって聞いたから、どんな子かと思えば……ね？　平凡っていうか、そんなにパッとしないわよね〜」

　こんなきらびやかな世界は、わたしに合ってないのはわかってる。

　でも、未紘くんにとってはこれが当たり前の世界。

「未紘くんは将来お父様の会社を継ぐのが決まってる立場の人間ってわかってるのかしら。あなたみたいな財閥の令嬢でもない家柄の人は未紘くんにふさわしくないのよ」

　今さらだけど、わたしと未紘くんでは住む世界が全然違うんだ。

　最初からわかりきっていたのに、他人にはっきり言われると胸がちょっと痛い。

「身の程をわきまえたらいいのに」

「たしかに〜。自分が釣り合ってないの自覚してないなんて可哀想ね」

　何も返す言葉がなくて、ただうつむくことしかできない。

　これ以上なにか言われて耐えられるかな。

　グッと下唇を噛みしめた瞬間──。

「……俺の湖依に何か？」

　まるでわたしをかばうように……未紘くんがスッと前に立った。

　このタイミングで来てくれるなんて……未紘くんがそばにいるだけですごくホッとする。

「何かって、少しお話をね？」

「へぇ……。一方的に湖依を責めるような内容にしか聞こえなかったけど」

「そ、そんなこと！　わたしたちは、この子が未紘くんと釣り合ってないと思ったから忠告してあげただけで」

「忠告……ね。それ余計なお世話だから二度とそんなこと

しないでほしいんだけど。ってか、釣り合ってないとか誰が決めるわけ？」

「だって、そんな平凡な魅力がない子は、将来会社を継ぐ未紘くんの相手としてふさわしくな──」

「……その口いい加減黙らせてくれない？」

声色がいつもと違って、一気に低くなった。

わたしでも未紘くんのこんな声は聞いたことがない。

「あんたたちみたいな父親の権力にすがってるようなお嬢様よりも湖依のほうが女性としてずっと魅力的。それに気づけないあんたたちのほうがよっぽど可哀想だけど、俺は湖依が隣にいてふさわしくないと思ったことは一度もないから」

さらに未紘くんは話し続ける。

「俺が湖依を選んでそばにいてもらってるから。それに文句があるなら俺に言ったら？　それとこれ以上、俺の大切な湖依を傷つけるようなこと言うなら俺も父に報告することを視野に入れるけど」

未紘くんの言葉にムッとした顔をしながら、３人とも何も言わずに去っていった。

「……人丈夫だった？　ごめん、俺が離れてる間に嫌な思いさせて」

周りの目なんて気にせずに、優しくふわっと抱きしめてくれた。

今はこの温もりにすごく安心して、わずかな力で抱きしめ返すと。

「ご、ごめんなさい。わたし何も言えなくて……」

「湖依は謝ることないよ。何も悪いことしてないし、言い返さなかった湖依のほうがずっと大人でしょ」

　未紘くんがいなかったら、情けないけど泣いていたかもしれない。

「そういう湖依の強いところにも俺はすごく惹かれてるよ」

「っ……」

「さっき言ったことに嘘はひとつもないから。湖依は誰にも負けないくらい魅力的な子だって、そばにいる俺がいちばんわかってるから」

　未紘くんはずるい。

　不意にこんなかっこいいことさらっと言うから。

　わたしの心臓、今にも爆発しちゃいそうなくらいバクバク激しく音を立ててる。

　最近、未紘くんが伝えてくれる言葉ひとつひとつにキュンッとしてるような気がする。

　この気持ちって、いったいなんだろう？

　自分の中で知らない感情がたくさん芽生えてる。

　しかも、どれも未紘くんに対するものばかり。

「湖依が可愛いから嫉妬してんだろうね」

「そ、そんなことないです。それよりも、あんなに強く言っちゃって大丈夫なんですか……？」

「別に平気。父さんも湖依を悪く言うような令嬢がいる会社と仕事したくないだろうし」

　未紘くんに抱きしめられてるせい……なのかわからない

けど。

　さっきから身体がちょっと熱くて、頭がボーッとしてふわふわしてる。

　身体にもあんまり力が入らなくて、未紘くんにぜんぶをあずけちゃってる。

「……あんま気分よくない？」

「ん……なんか熱くてふわふわしてて……」

「テラスで夜風にでもあたる？」

　未紘くんに支えてもらいながら、誰もいないテラスのほうへ。

　日中の暑さが残っていなくて、少し風があって肌に触れるとすごくきもちいい。

「……なんか湖依いつもよりふわふわしてんね」

「あっ……さっきのお酒のせいかも……です」

「飲まされたの？」

　コクッとうなずくと。

「はぁ……アイツら全員しっかり顔覚えてるから。俺の湖依にこんなことするとかいい度胸してるよね」

　飲んだのは少しだったけど、あんまり強くないのか酔いが回ってるのかな。

　ずっとふわふわしてる。

「……どうする？　すぐに迎えの車呼ぶ？」

「でも、まだパーティー終わってな──」

「それよりも湖依の身体のほうが大事でしょ」

　普段の甘えたな未紘くんじゃなくて、優しくて頼りにな

る未紘くんのギャップにドキドキして。

　ポーッと未紘くんを見てると、ものすごくかっこよくて。

　ううん、いつもとてもかっこいいけど、今日は雰囲気が
ガラッと違うせいもあって。

「……なーに。俺のことそんな見つめて」

「未紘くんかっこいいなぁって」

「ちょっと酔ってる？」

「えへへ、どうなんでしょう」

「うん、酔ってんね」

　気分が高揚してるのか、思ってることが口からポンポン
出てきちゃいそう。

「湖依がふにゃふにゃしてる」

「そうですかぁ……？」

　肩を抱かれて、ひょこっと顔をあげると未紘くんの顔が
ものすごく近くにある。

　ちょっと動いたら唇あたっちゃいそう。

「……頬赤いね。なんかいつもより色っぽく見える」

　未紘くんの甘い吐息がかかって、一瞬で身体が熱を持っ
てクラッとした。

「……そんな顔で見つめるの反則でしょ。俺これでも我慢
してんのにさ」

　未紘くんの綺麗な指先が唇に触れて、ゆっくり焦らすよ
うな手つきでなぞるだけ。

「んっ、そんな触っちゃ、や……っ」

「……もっとしてほしいんじゃなくて？」

「ひゃぁ……」

　空いてるほうの手でドレスの隙間をくぐり抜けて、太ももものあたりに触れてる。

「ほら……身体こんな反応してる」

「ぅ……っ」

　もう身体ぜんぶ熱くて。

　これはお酒のせいじゃなくて、未紘くんが触れるから。

「……こんなところで発情しちゃった？」

　他の人から死角になるテラスの陰にいるとはいえ、ここ外なのに。

　頭では抑えなきゃって思うのに、発情した状態の身体は全然言うことを聞いてくれない。

　未紘くんだけが欲しくなるばかり。

「湖依から可愛くおねだりしてほしいけど」

「……？」

「身体つらそうだから今は甘やかしてあげる」

「んっ……」

　フッと目の前が暗くなって、やわらかい感触が唇に落ちてきた。

　求めていたものが与えられて、身体全身にピリッと電気が走ったみたいにビクッと跳ねて。

「……少し触れただけでそんなきもちよさそうな顔して」

　いつもならもっと深いキスするのに。

　軽く触れて、少ししてからスッと離れていっちゃった。

「……今は気分がよくないでしょ？　だからこれでおわりね」

　ほんとなら発情は治まったはずなのに。

　身体があんまり満足してない。

「キスしたら治まったでしょ？」

「っ……」

　離れていこうとする未紘くんのスーツを、とっさに
キュッとつかんでしまった。

「……なーに。まだ足りない？」

「離れたくなくて……っ」

　これぜんぶお酒のせい……なのかな。

　普段恥ずかしくて言えないことが、今は素直に言えるの
なんでだろう。

「……それ誘ってんの？」

「ふへ……」

「俺の理性あんまあてになんないよ」

　グッと抱き寄せられて、耳元でそっと……。

「……ホテルの部屋取ろっか」

＊　＊　＊

　部屋に入った途端、吸い込まれるように唇が重なる。

「まっ……んん」

「湖依が悪いんだよ。俺のこと誘惑するから」

　未紘くんに抱っこされて部屋の奥へ。

　身体がベッドに深く沈んで、真上に未紘くんが覆いかぶ
さってきた。

「はぁ……俺も熱くなってきた」

　少し息を乱しながら、ネクタイをゆるめる仕草がすごく色っぽくて。

「……湖依に触れたくてたまんない」

　キスされたまま、頭を撫でられたり鎖骨のあたりに触れられたり。

　未紘くんに触れられたところ、ぜんぶ熱い。

「……もっとすごいのしよ」

　誘うように舌先で唇をペロッと舐められて、結んでいた口元がわずかにゆるむと。

「……口あけて」

「ぅ……っ」

「……もっと」

　少し強引に舌が入り込んできて、口の中すごく熱くて苦しくて。

「キス……甘くておかしくなっちゃいます……っ」

「っ……、そんな可愛いのどこで覚えてきたの」

　いつもより余裕がなさそうで、それをぶつけるようにたくさんキスされて。

　キスの熱に溺れる中で、背中のところ……ドレスのファスナーがおりていく音がして。

「唇だけじゃなくて、湖依の身体ぜんぶにキスさせて」

「ドレス脱がしちゃ……んっ」

「……もっと湖依に触れたい」

　未紘くんの甘い誘惑に勝てなくて、されるがまま。

　恥ずかしいのに、いっぱいキスされたから身体には全然力が入らない。

　真上から見下ろす未紘くんは、フッと薄く笑って。

　色っぽい、熱っぽい表情で自分の唇を舌で舐めながら。

「……湖依のぜんぶ抱きたくなる」

「っ……」

「息ができないくらいキスして……俺の与える刺激で可愛く乱れて……欲しがっておかしくなって」

「あぅ……っ」

　首筋から胸元……お腹のところ。

　全身にキスを落とされて……甘い刺激にクラクラする。

「俺がこんな触れたいと思うのは湖依だけだよ」

「……っ、ぅ」

「だから湖依も……もっと俺のこと欲しがって」

　そんな甘いこと言うのずるい。

　今日あらためて住む世界の違いを感じたのと、未紘くんに好意を寄せてる女の子はたくさんいるのがわかって。

　だから、こんなに素敵な人の隣にいるのがわたしじゃ不満を持つ人だってこれから先も出てくると思う。

「ねぇ、湖依……俺のこと見て、もっと俺のことだけ考えて」

「っ……」

　わたしは運命の番だからって理由で、特別にメイドとしてそばに置いてもらってるだけ。

　もし未紘くんがわたしのそばを離れてしまったら。

　本能的に抗えない番同士とはいえ、お互いの気持ちが他

の誰かにあれば結ばれることもない。

　むしろ、この世界では番同士が結ばれるケースのほうが
すごく珍しいって聞いたことがある。

　胸の奥がざわざわして、今まで感じたことないモヤモヤ
にも襲（おそ）われてる。

　でも……今いろいろ考えても、未紘くんが与えてくる刺
激のせいでぜんぶ流されちゃう。

「……湖依のぜんぶ——俺のものになったらいいのに」

　未紘くんは……わたしのことをどう思ってるんだろう。

第 3 章

嫉妬とキスとお仕置き。

「はぁぁぁ……このあと早退できるのうれしいけど帰れないいのだるい」

「仕方ないです。お父さんに呼ばれたのでちゃんと行かないとです」

　　長かった夏休みがあっという間に終わり、9月に入ったばかり。

　　今日は未紘くんがこのあとお父さんの会社に呼ばれているみたいで、お昼休みが終わってから早退する予定。

「湖依も一緒に連れて行く」

「わたしは午後も授業があるので」

「メイドの仕事だって言っても?」

「なんでもお仕事って理由につなげるのダメですよ」

　　最近未紘くんは、何かとメイドの仕事だからって理由をつけて甘えてこようとするから。

「俺のメイドさんは厳しいですね」

「頑張らなきゃダメですよご主人様」

「ご主人様はメイドさんのキスがないと頑張れません」

　　結局、お昼休みが終わるギリギリの時間まで離してもらえず……。

　　始業のチャイムが鳴る数秒前に教室に滑り込んで、5時間目の授業に間に合った。

　　未紘くんも渋々迎えの車に乗ってお父さんの会社へ。

　帰ってくるのは夜遅くになるみたい。

　今日は授業が終わったらメイドの仕事がしっかりできるかな。

　いつも未紘くんが仕事なんていいじゃんって邪魔してくるから。

＊　＊　＊

　——放課後。

　ひとり帰りの準備をしてると。

　廊下のほうから何やら女の子たちの叫び声が。

　えぇっと、これってデジャヴ……？

　前にも似たようなことがあったような。

　未紘くんが一般クラスに来て、ものすごい騒ぎになっちゃったときと状況が似すぎてる！

　でも、未紘くんはもう早退したはずだし。

　だとしたら、この騒ぎの中心にいるのは誰なんだろう？

「あわわっ、どうしよう！」

　目の前にいる恋桃ちゃんがものすごく慌ててる様子。

「もしかして歩璃くんが来ちゃったんじゃ!?」

　スマホ片手に大慌ての恋桃ちゃん。

「もうっ、わたしが迎えに行くから待ってるようにって連絡したのに！　ものすごい騒ぎになっちゃってるよ！」

　女の子たちの叫び声が大きくなって、ついにこの教室にいる女の子たちまで「キャー!!　歩璃くんだ〜！」って、

　まるでアイドルみたいな人気ぶり。

　そして、現れたひとりの男の子。

「こーもも。僕待ちくたびれたんだけど」

「あ、歩璃くん！　なんで待っててくれないの！」

「だって早く恋桃に会いたかったし。僕のことどれだけ放置したら気がすむわけ？」

「放置じゃないよ！　ホームルームがちょっと長引いちゃったの！　連絡もしたのにっ……！」

「へー。恋桃のくせに僕に逆らうの？　お仕置きされたいんだ？」

「ま、また出た！　歩璃くんのねじ伏せ攻撃！」

「何それ。ねじ伏せ攻撃って」

　恋桃ちゃんのご主人様なのかな。

　明るめのマッシュヘアで真っ赤なルビーのピアスがとても似合ってる。

　男の子なのに顔がものすごく小さいし。

　女の子たちが夢中になっちゃう容姿の持ち主だなぁ。

「あ、でもちょっと待って！　湖依ちゃんにまだ帰りの挨拶してない！」

　ええ、わたしのことなんていいのに。

「あー、恋桃がよく可愛いって話してる子ね。僕も挨拶しよっかな」

　なぜかふたり揃ってわたしのところにやってきて。

「湖依ちゃん、また明日ね！」

「あっ、う、うん！　また明日」

「恋桃、僕の紹介は？」

「歩璃くんはいいの！　ほらもう帰ろうよぉ！」

　恋桃ちゃんはみんなに注目されてるのが耐えられないのか、早く帰りたそう。

「せっかくだから紹介してよ。恋桃の友達」

「一瞬だからね！　わたしとすごーく仲良くしてくれてる砒水湖依ちゃんです！」

「どうも、初めまして。僕の恋桃がいつもお世話になってるみたいで」

「え、あっ、えぇっと、こちらこそ恋桃ちゃんにはいつも仲良くしてもらっていて」

　ここにきて男の子への苦手意識が出ちゃって、ぎこちない感じになっちゃった。

「よし、もうこれで紹介終わったから帰るよ！」

「まだ僕の紹介してないじゃん」

「歩璃くんの紹介はいいの！」

「よくないでしょ。ほら早く僕のこと紹介しなよ。ご主人様ですって」

「うぬ……雇い主の……」

「ご主人様」

「……ご主人様の朱桃歩璃くん、です」

　やっぱり恋桃ちゃんのご主人様だったんだ。

「うん、それでいいじゃん。ご主人様って響きいいよね。なんか興奮する」

「歩璃くんたまに変なこと言うからやだ……！」

「どこが？　素直に思ってること言ってるだけでしょ」

　朱桃くんは恋桃ちゃんのことが可愛くて仕方ないんだなぁ。

　さっきからずっと恋桃ちゃんのことしか見てないし、可愛いなぁって思いっきり顔に書いてある。

「というか、なんで一般クラスに来ちゃうの！」

「だって今日ずっと恋桃が僕に会いに来てくれないから。ってか、なんで朝僕のこと置いていったわけ？　お仕置きされたくてわざとやってるの？」

「ま、またすぐお仕置きって言う！」

「罰として今から屋敷に帰って僕と愉しいことしよっか」

「おかしいおかしい!!　歩璃くん日本語ストップして！」

「はぁ？　僕に指図するとか恋桃も立場が偉くなったね？」

「ち、違う違う！」

「ってかさ、恋桃は僕の機嫌直すこと考えなよ。このままだと恋桃がばてるまでキス──」

「わわっ！　もうそれ以上喋っちゃダメ！　そ、それじゃ湖依ちゃん今度こそまた明日!!」

　顔を真っ赤にした恋桃ちゃんが、朱桃くんの背中を強引に押して嵐のように教室を去っていった。

　恋桃ちゃんのご主人様がどんな男の子なのか気になっていたから、あらためて少しだけどお話できてよかったなぁ。

　恋桃ちゃんがあんなに可愛らしい反応してたのを見られたのも貴重だったなぁ。

　よしっ、わたしも寮に帰ってメイドの仕事しなくちゃ。

校舎を出て寮に向かってる最中。

今日の晩ごはんは何にしようかなぁ……なんて、呑気にそんなことを考えていると。

「えっ、うわっ……！」

何やら突然ものすごい力で腕をつかまれて、建物の陰へ連れ込まれてしまった。

え、なになに……!?

慌てて誰か確認すると。

「久しぶりだねー。俺のこと覚えてる？」

「あっ、天音くん、ですか!?」

なんとびっくり。未紘くんの幼なじみの天音くんではないですか。

「そうそう。覚えててくれたんだ？　しばらく会ってないから忘れられたかと思ったよ」

そういえば、初めて会った日から全然顔を合わせてなかったっけ。

はっ……それに今ふと思い出した。

未紘くんと約束した──天音くんとふたりっきりになっちゃダメって。

ササッと天音くんから距離を取ると。

「あれ、警戒されてる？　それとも、未紘から俺とはふたりっきりになっちゃダメだよーって教育されてるとか？」

ギクッ……。わたしの思考ダダ漏れなのでは……!?

「ははっ、わかりやすいね。図星だ？」

「うぬ……」

「俺と未紘は考えること似てるからねー。未紘の考えることなんかお見通しだよ」

「そ、それなら今こうしてふたりでいるのはまずいので——」

「どうして？　だったら俺と湖依ちゃんのふたりだけのヒミツにすればいいじゃん？」

「よ、よくないです！　未紘くんと約束したことは、きちんと守らないとなので」

　あのとき、未紘くんはぜったい約束守ってほしいって強く言ってきたし。

　あと、すごく心配してくれている様子だったから、なるべく心配かけないように約束は守らないと。

「湖依ちゃんって真面目だし律儀だねー。でもさ、俺も今日しかチャンスないと思ってんだよね」

「チャンス……？」

「だって、今日未紘は早退していないわけだし。その間、湖依ちゃんはひとりってことでしょ？」

「そ、そうですけど……」

「だったら俺が仕掛けるチャンスじゃん？　こんな絶好の機会逃すわけにはいかないよねー」

　にこっと笑みを浮かべながら、さらっとわたしの身体を壁に押さえつけて。

「俺とデートしない？」

「デートって……」

「したことある？」

「したことない……です」

「未紘とも？」

　普段一緒にいるのが当たり前すぎて、デートって呼ばれるものはしたことないような。

　コクッとうなずくと。

「ふっ……じゃあ、湖依ちゃんの初めてのデートの相手は俺ってことだ？」

「ちょ、ちょっと待ってください！　デートするなんてひと言も──」

「しないなんて言ったら……今こうして俺とふたりでいること未紘にバラしちゃうよ？」

「ずるいです。それは脅しじゃないですか」

「そう？　駆け引きって呼ぶほうが綺麗に聞こえるけどね」

　今こうして天音くんと少しの時間でも一緒にいるのが未紘くんにバレたら大変なことになっちゃう。

　それに加えてデートしましたなんて言ったら、未紘くんの機嫌一生直らないかも。

　やっぱり、ここは断るしか選択肢ないんじゃ──。

「まあ、デートっていうよりか……湖依ちゃんにお願いしたいことあって」

「お願い、ですか？」

「俺さ年の離れた妹がひとりいて。1週間後が誕生日だからプレゼント買ってあげたいと思っててさ」

「なるほど」

「それで湖依ちゃんにプレゼント選び手伝ってほしい

なーって。もちろんデートしたい気持ちもあるけどね」

　なんて言いながら、ひとりの女の子がお花と一緒に写ってる画像(がぞう)を見せてくれた。

「うわぁ、すごく可愛らしい子ですね！　笑顔がとっても素敵です！」

　笑ったときの目元が天音くんにすごく似てる。

　はっ……しまった。思わず食いつくように見てしまったけど。

　つまり、この子のプレゼントを選ぶために天音くんと一緒に出かけるってこと……だよね。

「奏紗(かなさ)って名前で、もうすぐ小学生になるんだけど、これくらいの年の女の子の欲しいものがいまいちわかんなくてさ。だから、よかったら俺と一緒に考えてくれないかなー？」

　いきなりデートなんて言うから、身構えちゃったけど。

　可愛い妹ちゃんへのプレゼント選びなら、断るのは悪いかな。

　天音くん困ってるみたいだし。

　これはデートというよりか、人助け……ってことでいいのかな。

「うっ……わかりました。微力(びりょく)ながらお手伝いします」

　こうして天音くんと出かけることに。

＊　＊　＊

　天音くんが車を呼んで、近くのショッピングモールへ。

　末紘くんもそうだけど、天音くんも御曹司だからなのか学園の外で移動するときは車なんだなぁ。

　ショッピングモールに到着して、とりあえず雑貨屋さんを見て回ることに。

「ぬいぐるみとかはたくさん持ってるんだよねー」

「そうですよね。わたしも小さい頃はぬいぐるみをたくさん集めて一緒に寝たりしてたので」

「難しいよねー。おままごとセットはもう飽きたからいらないって言うし」

　そうなるとハンカチとかが無難なのかなぁ。

　でも、どうせなら何か身につけられるものとかのほうがいいのかな。

　むむっ……人にあげるプレゼントを一緒に選ぶのって、ものすごく悩んじゃう。

　小学校に入る前の女の子が欲しいもの……。

　そういえば、妹の依佳は幼稚園くらいの頃すごくおしゃれが好きで、子供用のメイクセットとか欲しがってたなぁ。

「あっ、参考になるかわからないんですけど、ヘアピンとかどうでしょうか？　おしゃれとかしたくなるお年頃かなぁなんて」

「あー、たしかに。最近洋服とか自分で選びたがるって母さんが言ってたかも」

「わたしの妹もそれくらいの年齢のときに、おしゃれで可愛い身につけられるものを欲しがってたので」

　こうして、プレゼントは大きさが違うふたつの花がついたピンクのヘアピンに決まった。

　プレゼント用にラッピングしてもらって、無事にプレゼント選びが終わったので学園に帰るのかと思いきや。

　カフェでも入らない？って誘われて、天音くんと少しお話しすることに。

「ありがとね。プレゼント選ぶの手伝ってくれて」

「いえいえ。選んだのは天音くんなので。奏紗ちゃんよろこんでくれるといいですねっ」

　きっと、お兄ちゃんからもらえるプレゼントならどんなものでもうれしいと思うけど。

「湖依ちゃんってさ、普段からそんないい子なの？」

「え、あ、えっ？　いい子かどうかは自分ではよくわからないです」

「すごくいい子だよ。今こうして俺と出かけてくれてるのも頼まれて断れないっていうか、俺が困ってるから助けてくれたんでしょ？」

「そうですね。とても困っていたように見えたので」

「へー。じゃあ、これからも困ってるって言ったら優しい湖依ちゃんが助けてくれるわけだ？」

「う、嘘はダメですよ！」

「嘘つかないよ。でもさ、湖依ちゃんのそういう誰にでも優しいところって、男は勘違いするから気をつけたほうがいいよ？」

「勘違い、ですか？」

「自分に気があるんじゃないかって」

　そんなことあんまり考えたことなかったなぁ。

　そもそも、この学園に入るまで男の子とそんなに関わりがなかったし。

「未紘が手放したくなくて、心配が絶えないのがよくわかるなー」

「あ、たしかに未紘くんはすごく心配性です」

「ほんとは未紘に湖依ちゃんとデートしたってバラして煽ろうかと思ったけど」

「ダメですダメです！」

「そんなことしたら俺殺されちゃうかもしれないし？」

　そんなさらっと物騒なことを……！

　でも、本気で怒った未紘くんならやりかねなさそう。

　こんな会話をしてると、注文していた飲み物とケーキが運ばれてきた。

「うわぁ、美味しそうですね！」

　早速食べちゃおうとしたら。

　正面に座ってる天音くんがスマホをこちらに向けてパシャパシャ何か撮ってるのですが！

「可愛い湖依ちゃんが撮れたねー。これホーム画面にしてもいい？」

「えっ!? ぜったいダメです！ 写真消してください！」

「えー、いいじゃん。デートの記念にさ」

「これデートじゃないです！ プレゼント選びです！」

「冷たいなー。今こうして俺とカフェでお茶してるなんて、

周りからはデートだと思われそうなのに」

　はっ……たしかにそう言われるとそうなのかな。

　今さらだけど、やっぱりこうして天音くんと出かけたこと未紘くんに言ったほうがいいのかな。

　グルグル考えながらケーキを食べていたら、あっという間に食べ終わっちゃった。

　帰りも天音くんが迎えの車を呼んでくれて、なにごともなく学園へ戻ってきた。

「じゃあ、今日は付き合ってくれてありがとねー。また未紘がいない日を狙って誘いに来ちゃおうかな」

「ダメです、今回限りです！」

「ははっ、湖依ちゃんは厳しいねー」

　未紘くんが少し前に男の子はみんな敵だと思ってないとダメって言ってたし。

　とくに天音くんは警戒したほうがいいって。

　でも、今日話してる感じだとちょっと強引なところもあるけど悪い人だとは思えないなぁ。

　そんなに警戒する必要もないんじゃ——。

　って……油断したのがいけなかったかもしれない。

「あっ、そうだ。せっかくだから最後にちょっとだけデートっぽいことしよっか」

「へ……っ」

　一瞬何が起きてるのか思考が停止……してる間に、ふわっと天音くんの甘い匂いに包まれて。

「湖依ちゃん抱きしめるとやわらかいね」

「な、なななっ……」

「これくらい許してね。ほんとはキスもしたかったけど」

「……っ！」

　や、やっぱり油断しちゃダメだった……！

　天音くんも未紘くんと同じで自分のペースに巻き込んでくるのがすごく上手だから。

　流されちゃダメって心の中で思った。

＊　＊　＊

「ふぅ……やっと帰ってこられた」

　未紘くんはまだ帰って来てない。

　忙しくてスマホを見る時間もないのか、電話もメッセージも届いてなかった。

　結局、未紘くんが帰ってきたのは夜の9時過ぎ。

「お、おかえりなさ──きゃっ」

「はぁ……やっと湖依のこと抱きしめられる」

　帰って来て早々、飛びつくようにギュッてされて。

「あと少し遅かったら死んでた」

「そ、そんな大げさな」

　相当疲れたのか、わたしを抱きしめたまま今にも寝ちゃいそう。

「えっと、ごはんは食べてきましたか？」

「……食べてない」

「じゃあ、すぐに何か用意します！」

「ん……いい。今は湖依と離れたくない。俺のそばにいて」

　うっ……いま心臓がキュッてなった。

　最近、未紘くんと一緒にいると心臓が変な動きをすることが多くて。

「……湖依は俺がそばにいなくて寂しくなかった？」

「えぇっと……っ」

「俺は死ぬほど寂しかったよ。ずっと湖依のこと考えてた」

　また心臓に悪いことさらっと言って。

　胸のドキドキがさらに加速して、それが未紘くんに伝わっちゃうのも心配で。

　だけど、そんなの気にする余裕をぜんぶなくしちゃうくらい──未紘くんの甘い攻撃が止まらない。

「……湖依がそばにいないと俺ダメになる」

　わたしだけが知ってる、未紘くんの甘えたなところ。

　きっと、他の女の子は未紘くんのこんな姿知らない。

　なんでかそれが特別に感じてすごくうれしくて。

　それと同時に……未紘くんがこうして甘えてくれるのは、わたしだけがいいなって。

　わたし気づいたら欲張りになってる……？

　今までそんなこと思わなかったのに。

「……今もこんな近くで湖依に触れてるのに。もっと触れたくなる」

　今日の未紘くんはやけに甘えたで。

　わたしの心臓とっても大忙し。

　それと……未紘くんと天音くんを比べるのはおかしいの

かもしれないけど。

　こうして近くで触れて抱きしめてもらうのは、未紘くんのほうが心地よくて、ずっとドキドキしてる。

　同じ男の子なのに、どうしてこんなに違うんだろう？

　気づいたらわたしも未紘くんを抱きしめ返してた。

　結局、天音くんとふたりで出かけたことは言うタイミングを逃して言えないまま。

＊　＊　＊

　あれから2週間くらいが過ぎた。

　放課後、いつものように未紘くんを迎えに行って、ふたりで寮に帰る途中。

　ネイビーの制服に同じ色の帽子をかぶった、小さな女の子がキョロキョロ周りを見て歩いてる。

　年齢は5歳くらいかな？

「えっと、あの子は学園の生徒では……」

「ないだろーね」

「で、ですよね。そうなると迷子でしょうか」

「だぶんそうじゃない？　迷い込んできたか、それとも誰か探してんのか」

「だとしたら声をかけて保護してあげないとですね！　あと親御さんにも連絡を……」

　すると、女の子のほうがわたしたちに気づいたのか、小走りでこちらに近づいてきて。

「あっ、いた〜！」

「え、うわ……っ」

　なぜかいきなり抱きつかれちゃいました。

　も、もしかしてわたしを誰かと勘違いしてる？

「探してたの！　やっと会えてうれしい！」

「えぇっと、わたしのこと探してたの？」

「うんっ。わたしお姉ちゃんのこと知ってるよ！」

　あれれ。こんな小さな可愛らしいお友達いたっけ？

「スマホのね画面で見たの！　お写真！」

　えぇ、いったい誰のスマホで見たんだろう？

「お名前も知ってるよ！　湖依お姉ちゃん！」

　な、なんと……。名前まで知ってるなんて。

「み、未紘くん……この子エスパーかもしれないです」

「いや、どう見てもフツーの幼稚園児でしょ」

「だとしたらスーパー探偵さんでしょうか」

「なんでそーなるの」

「だって、わたしこの子のこと全然知らないのに、なぜかこの子はわたしのことすごく知ってますよ!?　不思議現象です……」

「……湖依はこの子のこともまったく知らないの？」

「た、たぶん……。おそらく話したのも今日が初めてで」

「……ふーん。ってか、この子の顔どっかで見たことある」

「えっ、未紘くんの知り合いなんですか!?」

「んー……なんか誰かに似てる」

　うーん……誰に似てるんだろう？

　目が大きくてぱっちりしてるから、もしかして恋桃ちゃんの妹とか？

　でも、恋桃ちゃんはひとりっこだったような。

　もう一度、女の子をじっと見たら。

　帽子からチラッと見えたお花のヘアピン。

　あれ、これって。

「あー……思い出した。しばらく会わない間に大きくなってたから気づかなかった」

　えっ、もしかしてこの子は──。

「奏紗！」

「あっ、お兄ちゃんだっ！」

　や、やっぱり。天音くんの妹の奏紗ちゃんだ。

　でも、どうしてこの子が学園に？

　それに天音くんじゃなくて、わたしを探していたみたいだし。

「なんで奏紗がここにいるの？　もしかしてひとり？」

「うんっ！　あ、でも車で来たよ！　運転手さんにお兄ちゃんの学校までってお願いしたの！　ママにもいいよって言われたよ？」

「はぁ……みんな奏紗に甘いから困るなー」

「だって、お兄ちゃんがこのプレゼント湖依お姉ちゃんが選ぶの手伝ってくれたって言うから！　お礼言いにきたの！　あと、お兄ちゃんが見せてくれた湖依お姉ちゃんのお写真すごく可愛かったから！」

　ひぃぃ……奏紗ちゃんまったく悪気ないんだろうけど。

　今この場には未紘くんがいるわけで。

　こ、これ以上喋られちゃうとかなりまずいような。

「ふたりとも、この前デートしたんでしょっ？」

　あぁ、どうしよう。

　未紘くんには天音くんと出かけたこと話してないし。

　隣にいる未紘くんの顔が見れない……です。

「あーあ、この前デートしたのバレちゃったね」

　……って、いつの間にか天音くんも登場してるし！

　天音くんってば、デートの部分を強調するなんて。

　プレゼント選び手伝っただけなのに……！

　これじゃ未紘くんに誤解されたままになっちゃう。

「あのっ、これにはいろいろ理由が──」

　まだ話してる途中だったのに、未紘くんが何も言わずにわたしをギュッと抱き寄せた。

　まるで天音くんに見せつけるみたいに……軽く触れるだけのキスを頬に落として。

「……今すぐ理由説明して。じゃないと俺嫉妬でおかしくなるよ」

*　*　*

　あれからすぐにふたりで寮に帰ってきた。

　寮に帰る途中、未紘くんは相当怒ってるのかずっと無言。

　……かと思えば、部屋に入った途端に真っ正面から強く抱きしめられた。

「……奏波とデートしたってどういうこと」

「妹さんの誕生日プレゼントを選ぶのを手伝ってほしいって言われて。ほ、ほんとは未紘くんとの約束を破っちゃダメなので断ったんですけど。すごく困ってたみたいで……」

「じゃあ、今回も人助けで奏波に優しくしたってこと?」

　これ以上抱きしめられたらつぶれちゃうんじゃないかってくらい力がさらに強くなって。

「俺さ……湖依の優しいとこ好きだよ」

「っ……」

「でも、その優しさを俺以外の男に向けられるのは死ぬほど嫌」

「ご、ごめんなさい。約束守れなくて」

「許さないって言ったら?」

　今カチッと……未紘くんの危険なスイッチが入ったような気がする。

　抱きしめる力を少しゆるめて、すごくイジワルそうに片方の口角をあげて笑いながら。

「……俺のことしか考えられないように」

　ベッドに押し倒されて、真上に覆いかぶさる未紘くんが自分のネクタイを外した。

「湖依の身体にたっぷりお仕置きしてあげるから」

　両手首を胸の前でくっつけられて……未紘くんのネクタイで縛られた。

　ちょっとの力じゃほどけない。

「えっ、あの……これは」

「……これいーね。支配欲そそられる」

　とっても危険な笑みを浮かべながら、わたしの制服のリボンをシュルッとゆるめて。

「可愛く乱れて狂ってるとこ……見せて」

　危険を合図するように……甘いささやきが落ちてきた。

＊　＊　＊

「ほら……もっと可愛い声出して」

「ぅ……」

「ここがいーんだ？　じゃあ、もっとしてあげる」

「やぁ……っ」

　あれからずっと弱いところばっかり攻められて、身体の熱がおかしいくらいにあがってる。

　触れられてドキドキして身体は簡単に発情して。

　でも、未紘くんは刺激を与えるのをやめてくれない。

　発情を抑えられるのは未紘くんのキスだけ……なのに。

「湖依が欲しがってもあげない」

　さっきから一度も唇にキスをしてくれない。

　首筋とか肩とかいろんなところに強く吸い付くようなキスをするのに……唇はぜったい外すから。

　身体が熱を持ったまま、手も動かせないし力も入らなくて息もあがって。

「み、ひろ……くんっ、もう苦しくて熱いです……っ」

「……キスしてもらえなくてもどかしい？」

「うぁ……」

「耐えられなくなって……もっとおかしくなればいーよ」

　今までこんな苦しくて熱いの感じたことない。

　末紘くんからキスしてもらえないだけで、身体がこんなにおかしくなっちゃうなんて……っ。

「たまんないね……その欲しがってる顔」

　指先で唇に触れてくるだけで、わざと焦らすような触り方するのもずるい。

　こんな状態がずっと続いていたら、自分が自分じゃなくなりそう。

　末紘くんがキスで抑えてくれない……なら。

「くすり……飲みたい……っ」

　今まで一度も飲んだことがない発情を抑える抑制剤。

　これを飲まないと頭がクラクラして、意識が飛んじゃいそう。

「薬《くすり》はダメ。それじゃお仕置きにならないでしょ」

　身体の内側が異常なくらい熱くて、その熱がずっと身体に残って分散しないまま。

「……身体熱くておかしくなりそう？」

「うぅ……わかってるなら、どうしてイジワルばっかり」

「俺のこと妬《や》かせた湖依が悪いんだよ」

　妬かせたって……それはヤキモチってこと？

　ボーッとする意識の中でそんなことを考えるけど、頭が全然回らない。

「俺以外の男……とくに奏波と関わらないって約束でき

る？」

「でき、る……っ」

「……でも湖依は約束守れないワルイ子だもんね」

　あとちょっとで唇が触れそうなところで、ピタッと動きを止めて……お互いの視線が絡んだまま。

「湖依がこんなに欲しがるのも、可愛く求めてくるのも
──ぜんぶ俺だけが知ってればいいんだよ」

　唇が触れた瞬間、一気に熱がブワッとはじけて……一瞬で意識がどこかに飛んでいく寸前。

「可愛い湖依は俺のだよ」

　未紘くんがどうしてここまでわたしを求めてくるのかなって、そんなことが頭の中にボヤッと浮かぶ。

　わたしは未紘くんの運命の番として偶然出会って、メイドになっただけで。

　わたしたちの間には、ただ主従関係が成り立ってるっていう事実しかなくて。

　だから特別な感情はないはずなのに。

　甘いこと言ったり、触れてきたり、キスしてきたり。

　未紘くんは……わたしにたいしてどういう感情を抱いているんだろう……？

未紘くんの優しさ。

今日は授業がお休みの土曜日。

メイドのお仕事は基本的にあんまり休みはない。

毎日何かしらやることがあって、お休みのほうがはかどるので朝からいろいろやりたいことがあるんだけれど。

「未紘くん……！　そろそろ離してくれないとわたしお仕事できないです！」

「……いーよ。今日くらいサボれば」

「ごはん準備しなきゃですし、お部屋の掃除もあって。あっ、今日は天気もいいのでベッドのシーツも洗濯したいです」

「んー……俺の相手するのが優先でしょ」

このとおり、朝から甘えたモード発動中の未紘くんが離してくれません。

「時間は待ってくれないんです！」

「俺も待てない。湖依に触れてないと死ぬ」

「じゃあ、少しの間だけひとりで待っててください。すぐに終わらせるので！」

くっついてくる未紘くんをちょっと強引に押し返すと、ものすごーく不機嫌そうな顔になっちゃってる。

「……少しってどれくらい？」

「うーん……１時間くらいでしょうか」

「長すぎるから却下」

「えぇっ、そんなぁ……」

　こんな感じで攻防戦（こうぼうせん）を繰り広げた結果。

　なんとかベッドから脱出（だっしゅつ）することができた。

　未紘くんとわちゃわちゃしてる間に、朝の貴重な時間がどんどん過ぎてる！

　急いでいつも着てるメイド服に着替えて、仕事を始めないと！

　……って思っていたのに。

「ねー、湖依」

「あわわっ、まだ着替えてる途中なので入ってきたらダメです……っ！」

　まさかのおじゃま虫さん登場です。

「やっぱ湖依から離れるの無理」

「さっき少しなら待てるって言ったじゃないですかぁ」

「もう待ったよ。だから湖依に触れにきたのに」

「うぅ……いったん離してください。まだ着替えてるので」

　若干メイド服が乱れたままだから直したいのに。

　未紘くんは何か思いついたのか、フッと軽く笑いながら。

「……メイド服着たまますするの愉しそう」

　メイド服の襟元を軽く引っ張って、中に手を滑り込ませようとしてる。

「あのっ……手の位置がおかしい、です」

「……どこが？　湖依の身体は反応してんのに」

「し、してな……っ」

　キスできそうな距離まで近づいて。

　唇が触れそうになるところでピタッと止まって、じっと

見つめるだけ。

「発情したから湖依がキスで抑えて」

「ほ、ほんとにしてますか……っ？」

「……身体熱くなってんの。触る？」

「なっ、ぅ……」

　手を未紘くんの胸のところにもっていかれて、触れると
ちょっと熱くて心臓の音が伝わってくる。

「湖依が可愛い反応するから」

　求めてくるのに、未紘くんからはキスしてこない。

　でも、すごく欲しそうな熱を持った瞳をしてる。

「俺が発情したら抑えられるのは湖依だけでしょ？」

「そう……ですけど」

「早くしないと……もっと湖依の身体触るよ」

　服の中にさらに手が入り込んで。

　空いてる片方の手はスカートの隙間をくぐり抜けて、太
もものあたりに触れてる。

「……こんなことしてたら湖依も発情するんじゃない？」

　さっきから未紘くんに触れられたところが熱くて、それ
が全身にじわじわと広がってる。

　もっとされたら……未紘くんと同じ状態になって求め
ちゃう。

「……早く湖依の唇ちょーだい」

「自分からはできない、です……っ」

「……なんで？　いつも俺がしてるみたいにしてよ」

　キスなんて自分からしたことないし、いつも未紘くんに

されるがままだから。

「ねー、ほら早く。いつまで焦らすの」

「じ、焦らしてるわけじゃなくて」

　これ以上はほんとに危険なので、早くキスして未紘くんを止めないと。

「う、うまくできるかわからないですけど」

「ん……いーよ。俺もう我慢の限界」

　いつも未紘くんがしてくれるキスを思い出しながら。

　唇うまくあたるかわかんない。

　チュッと軽く触れるだけのキスをすると。

「まだ全然足りない……もっと」

「んん……っ」

　結局、未紘くんの甘さにかなわず──。

* 　* 　*

　あれから1時間くらいが過ぎてしまった。

「未紘くんは朝ごはん食べててください！　わたしはその間に洗濯をしてきます！」

　ようやく未紘くんの暴走が落ち着いて、なんとか仕事を始められそう。

　これから遅れた分を取り戻すくらい頑張らないと！

　あっ、そうだ。忘れてたけど、ベッドのシーツも洗濯するんだった。

　急いで寝室に行って、ベッドのシーツを交換することに。

　ふたりで寝るには大きすぎるくらいのベッドだから、シーツを交換するのも結構大変。

　ベッドの上に乗って取り外そうとしたら、シーツから未紘くんの甘い匂いがふわっとする。

　毎晩未紘くんに抱きしめられて寝るとき、未紘くんの甘い匂いにドキドキして……。

　未紘くんのぜんぶに包み込まれてるような感覚がすごく好きで。

　ちゃんとお仕事しないとダメなのに。

　真っ正面からベッドに倒れ込むと。

「未紘くんの甘い匂いがする……」

　なんだか抱きしめられてるみたいで、心臓が勝手にドキドキし始めてる。

　うぅ、わたしついに未紘くんの匂いにまでドキドキしてるなんておかしいのかな……っ。

「ねー、メイドさん。お仕事サボってるの？」

「へ……っ」

「それなら俺の相手たくさんしてよ」

　後ろから……しかも上から覆いかぶさるように未紘くんに身体ぜんぶ包まれちゃった。

「……何してたの？」

「えぇっと、これは……」

「俺の匂いがするとか言ってたの聞こえたけど」

「っ……！」

　うっ、ひとりごと聞かれてる……！

「もしかして俺の匂い好きなの？」

「う……やっ、えぇっと……す、好き……です」

「へぇ……それで俺の匂いがするベッドでひとり愉しんでたんだ？」

「た、愉しんでたわけじゃ……っ」

　なんかその言い方だと語弊があるような……！

「それなら俺に抱きしめてほしいって可愛くおねだりしたらいーのに」

　後ろからなのに、ギュッてされると未紘くんの匂いと体温に包まれてもっとドキッとしちゃう。

「後ろからってさ……なんか興奮するね」

　顔が見えないせいなのか、耳元でささやかれる声にすごくドキドキしてる。

　それに、いつもと違って後ろから覆われてるせいで身体が全然動かせなくて、あんまり逃げられない。

「……湖依は身動き取れないもんね」

「あの、わたしまだやらなきゃいけないことあって……」

「仕事さぼって俺に隠れて愉しんでたの誰だっけ？」

「うぅ……」

「俺にも愉しませてよ」

　後ろから器用にメイド服のリボンをシュルッとほどいて、ボタンなんか容易く外して。

　服の中に冷たい空気がヒヤッと入ってくる。

「お腹のところ、触っちゃダメ……です」

　未紘くんの手が肌に直接触れて、ゆっくり動かして肌を

撫でてくる。

「んじゃ、もっと上のとこ触っていーの？」

「ダメ、ですっ」

　お腹にある手がゴソゴソ動いて、指先が少しだけ胸のあたりに触れて。

「ダメって言われるともっとやりたくなる」

「ひゃぅ……」

「ほら、そーゆー声が煽ってんのに」

　着ていたメイド服を肩が出るまで脱がされて。

　指先で軽く首筋に触れながら。

「……湖依の身体にたくさんキスさせて」

　首筋から背中にかけてキスが落ちてきて、肌に吸い付くように唇が押しつけられる。

「……湖依の肌やわらかいね」

「ぅ……っ」

「ずっとキスしたくなる」

　またしても未紘くんのペースに巻き込まれて、未紘くんのしたい放題に。

＊　＊　＊

　そんなある日。

　とんでもない事件が発生です。

　何気ない休み時間のこと。

　自販機に飲み物を買いに行こうとしたら。

　なんとわたし……階段から落ちるというドジをしてしまい──。

「さいわい頭や身体を強く打たなかったからよかったけれど。手首を強くひねったみたいね」

「す、すみません。なんだかすごく大ごとになってしまって」

　階段は少しだけ高さがあって、落ちた直後に偶然周りにいた子がびっくりして、ものすごい騒ぎになってしまい。

　今ちょうど保健室で養護教諭の中野先生に手当てをしてもらったところ。

　湿布を貼って、包帯もしっかり巻いてもらった。

「痛みがあるのは本当に手首だけで大丈夫かしら。他に身体のどこかで痛みを感じるとかはない？」

「たぶん大丈夫です」

　それにしても運がよかったのは、とっさに手をついたことかな。

　もし手が出なかったら、全身を打ちつけて手首だけのケガじゃすまなかったかもしれないし。

「今はケガした直後だから痛くて動かせないと思うけれど。もしかしたら骨が折れてる可能性もあるから、このあと早退してすぐに病院で診てもらったほうがいいわね」

　そうなると未紘くんに連絡したほうがいいかな。

　しかも右手首をケガしてしまったから、数日はメイドの仕事ができなくなっちゃう。

　すぐに未紘くんに連絡したいけど、スマホを教室に置いてきちゃったので取りに戻ろうとしたら。

　保健室の扉がものすごい勢いで開いて。

「湖依……っ！」

「えっ、な、なんで未紘くんが……」

　すごく焦った様子で慌てて中に入ってきた。

「今さっき湖依のクラスの担任から聞いた。湖依がケガして保健室にいるって」

　えぇ、そんなすぐに未紘くんのところに伝わるようになってるの？

「どこケガしたの、身体痛くない？　ってか、何があったの？　手当てしてもらった？　重症ならすぐ病院に——」

「お、落ち着いてください……！　ケガって言っても階段から落ちただけで」

「落ちただけって……。なんでそんな軽く言うの。すごく危ないことだってわかってる？」

「とっさに手をついたおかげで、そんな大ケガにもならなかったので」

　処置してもらった手を見せると、未紘くんは深くため息をついて。

「……充分大きなケガでしょ。湖依はもっと自分のこと大切にして」

　近くに先生がいるっていうのに、お構いなしにギュッて抱きしめてきた。

「……湖依がケガしたって聞いてすごく焦ったし心配した。寿命縮んだし」

「そ、そんなにですか？」

「あたり前でしょ。湖依が少しでもケガしたり体調悪かったら心配するに決まってる」

　こんな取り乱してる未紘くんは初めて見た。

　それだけわたしのことを心配してくれてるのかな。

　湿布の効果もあってか、痛みが少し引いてきたので病院には行かなくて大丈夫かなと思ったんだけど。

　心配性な未紘くんが大反対。

　すぐに車を呼んでくれて一緒に病院へ。

　レントゲンを撮った結果、骨に異常はなく。

　それでもしばらくは安静(あんせい)にしてるようにってお医者さんに言われたので……。

「わたしの不注意で迷惑をかけてしまってごめんなさい。しばらく未紘くんの身の回りのことができそうになくて」

「そんなこと気にしなくていーから。今はケガを治(なお)すことが最優先(さいゆうせん)でしょ」

「すみません……。でも、できることはなるべく頑張るので！」

　いま寮に帰ってきたばかりで、本来なら晩ごはんを作ったり、朝に洗えなかった食器を片づけたり……いろいろしたいことがあったのに。

「もっと俺に甘えていいよ。なんでもしてあげる」

「そ、そんなそんな」

「俺が湖依のお世話するから」

　ほんとなら、これはすごくありがたいことなんだけれど。

　未紘くんが言うお世話っていうのは、ちょっと度が過ぎ

てるところがあるようで。

「あのっ、着替えとかひとりで大丈夫なので」

「いーよ、遠慮しなくて。俺がなんでもやってあげるから」

　制服から着替えようとしたら、なぜか未紘くんまでついてきて。

　おまけに手伝うなんて言って、制服を脱がされちゃいそうな大ピンチ。

「遠慮してないです……っ！　ほ、ほんとに大丈夫なので！」

「湖依は脱がされる専門(せんもん)でしょ」

「なななっ、その専門なんですかっ！」

「はいはい、おとなしく脱がされて。ケガ悪化(あっか)するでしょ」

　なんだかうまく丸め込まれてるような……！

　ベッドに座らせられて、未紘くんが手際よくカーディガンとブラウスを脱がしてくる。

「スカートのホックどこ？」

「そ、そこまでしなくて大丈夫です……！」

「それじゃ着替えできないじゃん」

「さすがにそこまでされたら恥ずかしくて耐えられないです……！」

　手伝おうとしてくれるのはうれしいけど、いろいろと間違ってるような！

「そんな可愛い反応されたらもっと見たくなるでしょ」

　フッと笑いながら、わたしを抱きしめてそのまま身体がゆっくりベッドに倒された。

あれ、あれれ。まだ着替えてる途中なのに。

未紘くんが真上に覆いかぶさって、すごく愉しそうに笑ってる。

「キャミソールだけってなんかエロいよね」

「は、早く服を着たいです……っ」

「もっと脱がせてほしいです？」

「い、言ってないです!!」

このままだと未紘くんが暴走しちゃうんじゃ！

わたしこれでもケガしてるのに。

さっきまでの心配性な未紘くんはどこへ……！

「あんま可愛い反応しちゃダメでしょ。俺が発情してもいーの？」

「なっ、うっ……」

「今は湖依の身体が心配だから抑えるけど」

チュッと軽く頬にキスを落としただけ。

「これ以上したら俺がもっと湖依のこと欲しくなるから」

惜しむようにゆっくり離れて。

「そんな薄いキャミソールだけじゃ風邪ひくね」

もこもこのワンピースを着せてくれた。

——で、わたしがやらなきゃいけない家事をぜんぶ未紘くんがやってくれるみたいなんだけど。

「湖依が俺のこと監視してる」

「違います！ 心配で見てるんです！」

普段の未紘くんの様子を見ていたら、家事なんて任せていいのかものすごく心配で。

　なんでもテキトーにやっちゃいそうだし、それこそケガ
とかしないかひやひやしちゃう。

「ゆっくりしてなよ」

「でも……」

「お医者さんに言われたでしょ。安静にしてるようにって」

　ほんとに任せちゃって大丈夫か終始不安だったけれど。

　どうやらわたしの心配は無用だったようで。

「す、すごいです。未紘くん料理もできちゃうんですね」

　テーブルに並べられたパスタとサラダとスープ。

　ぜんぶ未紘くんが作ってくれて、ものすごくクオリティ
が高くてびっくり。

　普段あまりやる気を見せないだけで、未紘くんは器用だ
し完璧だからなんでもこなせちゃうのかな。

*　*　*

　それから数週間、ケガが完治するまで未紘くんが身の回
りのことをすべてやってくれた。

　わたしが何かしようとしたら「俺がやるから湖依は何も
しちゃダメ」って、ものすごい過保護っぷり。

　たまにお屋敷から使用人さんを呼んで手伝ってもらった
りしたけど、ほとんど未紘くんがやってくれて。

「ごめんなさい。立場上ご主人様である未紘くんにわたし
の身の回りのことまでさせてしまって」

「……いーよ。やっと湖依のケガも治ったみたいだし」

　お医者さんに何度か診てもらって、今日やっと完治した。

　未紘くんは慣れないことが多くて疲れが出始めてるのか、ベッドに入ったばかりなのに今にも寝ちゃいそう。

「……ってか、湖依不足で死にそう」

「えぇっ……毎晩一緒に寝てるのは変わらないですよ？」

「湖依が俺にギュッてできなかったじゃん。だから湖依が俺に抱きついて」

　ケガが治るまでいろいろやってもらったし。

　大きな身体を包み込むようにギュッてすると、未紘くんがさらに強く抱きしめ返してくれて。

「いつも俺の身の回りのことしてくれてありがと」

「え、あっ、いえいえ」

「自分でやってみて結構大変だったから。これを毎日文句も言わずにやってくれる湖依は天使だね」

　急にお礼を言われたからびっくりしちゃった。

　わたしのほうこそ、雇ってもらってる身なのにこんな心配してもらって。

「今日は湖依のことたくさん抱きしめさせて」

　こうして抱きしめられるのは慣れてるはずなのに。

　甘くて優しい未紘くんの匂いに包まれると、少しずつ心臓の音が速くなっていく。

　とくにキスされたり触れられてるわけじゃないのに。

　身体が密着してるだけでドキドキしちゃう。

「……心臓の音すごいね」

「っ……き、聞こえますか？」

「うん。すごく伝わってきてる。まだ慣れない？」

「な、慣れないっていうか……。最近わたしおかしくて」

「……何がおかしいの？」

「末紘くんを少しでも近くで感じると、前よりすごくドキドキして。たぶん発情してるときのドキドキする感じとはまた違うっていうか。あっ、でも気づいたらいつも末紘くんのことばかり考えていて。なんだか頭も心の中も、ぜんぶ末紘くんでいっぱいで……っ」

　まだ話してる途中だったのに。

　何も言わずに、ふわっと唇が重なった。

「はぁ……湖依可愛すぎるよ」

「えっ、あっ……今のキスは……」

「したいと思ったからした」

　それって別に深い意味はない……のかな。

　わたしだからしたいんじゃなくて……キスできるなら女の子誰でもいいってこと……？

　今度は胸のあたりがモヤモヤに支配されてる。

「キス……したいと思ったら誰にでもするんですか……？」

「湖依にしかしたいと思わない。俺にキスされるの嫌？」

　控えめに首を横に振ると。

「俺のことでいっぱいになってんの可愛すぎるでしょ」

　ちょっとうれしそうな声で、またさっきみたいにわたしをギュウッと抱きしめて。

「……俺も湖依のことばっか考えてるよ」

　耳元でそんな甘いセリフを残されて、もっともっと……

未紘くんのことしか考えられなくなっちゃう。
「だから……もっと俺でいっぱいになって」
「っ……」
　何か自分が今まで感じたことない……知らない感情が動き始めてる。

抑えられない気持ちと衝動。

　少しずつ寒くなってきた10月の中旬。

　いつもと変わらず未紘くんとお昼休みを過ごしてる。

「ちゃんとお昼食べないとダメですよ」

「ん……寒いから湖依に引っ付いてる」

　部屋の中は暖房が充分きいてるのに。

　いつもどおりわたしにベッタリ。

「ごはん食べたら身体ポカポカしますよ！　スープもあるので飲んだら温まります！」

　毎日こんな感じで説得しようとするんだけど、わたしと離れるのが嫌なのかムッとした顔をされちゃう。

「んじゃ、湖依が食べさせて」

「あんまり甘えちゃダメです」

「いーじゃん。俺ご主人様だし」

　──で、結局甘やかして言うこと聞いちゃうからダメなのかなぁ。

「じゃ、じゃあ、口あけてください」

「ん……」

　わたしの言うことを聞いて口をあけて待ってる未紘くんが、なんだか可愛く見えちゃう。

「……まだ？」

「あっ、ど、どうぞっ」

　首を傾げて聞いてくるのも、すごく可愛いというか。

　甘えてくるときの未紘くんは可愛さもあって、とっても心臓に悪いです。
　パクッとひと口食べてくれたと思ったら。
「あわわっ、いきなり抱きついたら危ないです！」
「……もう食べたからいーでしょ」
「まだちょっとしか食べてないですよ」
「んじゃ、湖依に引っ付いたまま食べる」
　ずっと抱きつかれてるわたしの身にもなってほしい。
　最近未紘くんのそばにいると心臓がおかしいくらいにバクバク動くし。
　未紘くんに見つめられるだけで、恥ずかしくて耐えられなくて。
　こうしてふたりでいるだけでドキドキするから、それを抑え込むのが大変。
　きっと、今これ以上未紘くんのそばにいたらダメ。
　さっきから少しずつ身体が熱くなって、未紘くんを求めそうになってるから。
「あのっ、もうそろそろ教室に戻らないと」
「……ほんとにそう思ってる？」
「え……っ？」
　まるでわたしの考えをすべて見透かしてるように。
　未紘くんの手がそっとわたしの手の上に重なって。
「俺のこと見て」
　ただ見つめられてるだけなのに。
　心臓がさっきよりドキドキして……同時に身体の内側か

らブワッと熱があがってる。

　やっぱり最近わたしの身体すごくおかしい。

　未紘くんに対して過剰に反応しすぎてる……気がする。

「そんな状態で戻れる？」

「う……っ」

「……身体熱いでしょ」

「やっ……そこ触っちゃ……」

　身体をピタッと密着させて、肌に直接未紘くんの手が触れて動いて。

「……嫌ならやめてぃーんだ？」

　手は触れたまま、至近距離で見つめるだけ。

　ほんとなら、このまま未紘くんを引き離さなきゃいけないのに。

　一度熱くなったわたしの身体を抑えられるのは未紘くんのキスだけ。

「……そんな欲しそうな顔して。俺にどうしてほしいの？」

　唇が触れそうで触れない……お互いの息がかかるくらいの距離感がすごくもどかしい。

「……欲しがってる顔かわいー」

「っ……」

　唇に指先をグッと押しつけてきて。

　ゆっくりなぞったり、ふにふにしたり。

「指なんかより唇触れたら……もっときもちいいよ」

　甘く誘ってくるのずるい。

　これ以上求めるのはダメ……なのに……っ。

「……湖依の身体が満足するまでしてあげる」

　キスが落ちた瞬間、全身に電流が走ったみたいにピリッとして。

　甘くて深いキスにどんどん溺れて堕ちていきそうになっちゃう。

＊　＊　＊

　結局、教室に戻ったのは5時間目が終わった休み時間。

「湖依ちゃんおかえり！　お昼休みから戻ってこないから心配したよ！」

「あっ、恋桃ちゃん。心配かけちゃってごめんね」

「ううんっ。最近湖依ちゃんお昼休み終わっても帰ってこないこと多いよねっ」

「え、あ……えぇっと、それは……」

　いつも未紘くんにされてることが、ふと頭にポンッと浮かんで、顔がどんどん熱くなっちゃう。

「あと湖依ちゃんいつも顔真っ赤で帰ってくるから」

「へ!?」

「ご主人様とイチャイチャしてるのかな〜って」

「イチャイチャ……!?」

「もしかして付き合ってるとか！」

「え、え!?」

「そんなに驚く!?　だって付き合ってるからたくさんイチャイチャしてるのかなって！」

　ちょ、ちょっと待って！　話がいろいろ飛びすぎて全然ついていけないよ……！

「えっと、イチャイチャしてるというよりは甘えられてるというか」

「えぇ～、そうなんだっ。てっきり付き合ってるのかと思ったよ！」

　そもそも付き合ってないのに、触れ合ったりキスしたりするのって普通じゃないよね。

　そんなことをしてるのは、発情を抑えるっていう理由があるだけで。

　他にわたしと未紘くんとの間では主従関係が成り立っていることしかない。

　今まで何度か、未紘くんはわたしのことどう思ってるのかなって考えたことはあったけれど。

　じゃあ、わたしは未紘くんのことどう思ってるんだろう。

　運命の番、ご主人様だからっていうほかに……未紘くんに対して抱いてる感情はどんなものがあるんだろう。

＊　＊　＊

　モヤモヤしたまま、いろいろ考えて数日が過ぎたある日。

　放課後いつもどおり未紘くんをクラスまで迎えに行こうとしたら。

「あ、湖依ちゃんだー。偶然だね」

「ひっ……また天音くん……！」

廊下の隅からいきなりひょこっと現れた天音くん。

すぐさま距離を取ろうとしたのに。

「こらこら逃げないの」

「だって、今度こそ未紘くんとの約束破ったら本気で怒られちゃうので！」

「えー、それは湖依ちゃんたちの都合でしょ？　俺にはカンケーないもん」

「あ、天音くんも未紘くんに怒られちゃいますよ」

「いいよ、怒られても。ってかさ、未紘いま職員室に呼ばれてるからしばらく教室に戻ってこないんだよねー。よかったら、あらためて俺と少し話そうよ」

「お断りします！」

「わー、すっかり未紘に教育されてんね」

これくらいキッパリした態度を取っていれば天音くんも諦めてくれると思ったのに。

わたしの前に立って道を塞いでどいてくれない。

それに、なんでかにこにこ笑ってる。

「じゃあさ、ひとつだけ俺の質問に答えてよ」

「な、なんでしょう」

「湖依ちゃんと未紘って、なんで一緒にいるの？」

「なんでって……」

「運命の番だから？　理由はそれだけ？」

"それだけ"って言われて、なんでか胸が痛かった。

だって、それしかわたしが未紘くんのそばにいる理由がないって言われたみたいで。

　それに、少し前に似たようなことを考えて、結局気持ちがまとまらなくて曖昧にしてた部分でもあったから。

「お互どういう気持ちなのか考えたことある？」

「そ、それは……」

「それにさ、番が発情したらキスで抑えるんでしょ？　それって好きじゃない同士でも本能が求めれば抗えないってことだよね？　本当に好きな相手が番だったらいいけど、違ったら複雑だよね。自分が想う相手と違う人を求めるなんて」

　天音くんの言うことぜんぶ、どれも正しくて当たり前のことなのに。

　それがぜんぶ胸に刺さってくるのはなんで……？

「気持ちの通じてないキスなんてしても虚しくない？　一緒にいる理由も発情を抑えるためだけって。それって、お互い本当に好きな相手ができたらどうなるんだろうね？」

「…………」

「だったら俺でもいいじゃん？　案外キスしてみたら俺にも発情しちゃうかもよ」

　話を聞くのに夢中になって油断してた。

　気づいたら、ものすごく近くに天音くんが迫ってきてる。

「今こうして俺に迫られてさ。湖依ちゃんはドキドキしてる？」

「天音くんは未紘くんの幼なじみなので……しない、です」

「じゃあ、未紘にはするんだ？」

「っ……！」

「そんな露骨に反応されちゃうと俺も困るなー。こんな可愛い湖依ちゃんを未紘が独占してるなんてずるいなー」

頭の中いろんなことでいっぱいでグルグルして。

でも、天音くんは迫るのをやめてくれない。

むしろ、もっと近づいて……唇が触れそうな距離でピタッと止まってる。

「俺が湖依ちゃんの運命の番だったら、こうして触れることも許してくれるんでしょ？ 湖依ちゃんと未紘はただ運命の番として出会っただけで。それがなかったらふたりって惹かれ合ってた？ もし相手が違ったらとか考えたことある？」

返す言葉がなくて、増えていくのは胸のモヤモヤだけ。

「少し考えてみるといいよ。このまま未紘のそばにいることが湖依ちゃんにとって本当に幸せなのか。あんまり曖昧な関係を続けないほうがいいと思うけど」

＊　＊　＊

「……より」
「…………」
「こーより」
「…………」
「ねー、湖依ってば」
「……え、あっ」

ボーッとしてたせいで、全然未紘くんの声が聞こえてな

かった。

　おまけに目の前ではフライパンがジュージュー音を立てて、煙がもくもくしてる。

「帰ってきてからずっとボーッとしてるけど。何かあった？」

「と、とくに何も……！　ちょっといろいろ考え事してて」

　ダメだなぁ……。

　ボーッとしすぎて、自分がいま何をしてたのかすらも忘れちゃってるし。

「……火使ってるんだから危ないでしょ」

「ですね……！　ちゃんと切り替えて料理します！」

　今は考えるのをやめてきちんと仕事しないと。

「……で。いま何作ってんの？」

「な、何を作ってるんでしょう」

「ふっ……自分で作ってんのにわかんないの？」

　そ、そんな背後でピタッと密着されたら料理どころじゃなくなっちゃう。

　意識を未紘くんに向けないようにしても、こんな近くでいたら意識しないほうが無理で。

　天音くんに言われたことも引っかかって、キャパオーバーになっちゃいそう。

「……いつも思うけど湖依ってメイド服すごく似合ってるよね」

「え……っ？」

「……なんかそそられるっていうの？」

「ひゃぅ……」

　急に首筋にキスが落ちてきて、身体がビクッと大きく跳ねちゃう。

　チュッと音を立てて、繰り返しキスをして。

　末紘くんのやわらかい唇が肌に触れてるだけで、身体がジンッと熱くなってきてる。

「もっと胸元開いてたらいーのにね」

「なっ……ぅ」

「そうしたら服の中に簡単に手入れられるのに」

　なんて言いながら慣れた手つきでリボンをほどいて、隙間から指がスルッと中に入ってきてる。

「末紘くん……っ、手ダメです……っ」

「どこがダメなの？　ちゃんと教えて」

「あぅ……っ」

「ここ触られると弱いもんね」

「っ、やぁ……」

　甘い触れ方されると、身体が言うこと聞かなくなる。

　いつの間にか頭の中は末紘くんのことしか考えられなくて、力が入らなくなってきた。

「……身体熱くなってる。欲しくなってきた？」

　身体をくるっと回されて、末紘くんのほうを向かされた。

　その直後にピッと音が聞こえて。

　たぶん末紘くんがガスを停止するボタンを押した。

「ほ、欲しくな……っ」

「……ほんとに？　身体は欲しそうだけど」

　頰とか首筋とか……唇以外のところにたくさんキスをして、器用な手は太もものあたりを撫でるように触れて。

「もう、これ以上されたら……っ」

「……おかしくなっちゃう？」

　欲しがるように触れて甘く誘うのに。

　いちばん求めてることを焦らすのが、すごくずるい。

「もっと欲しがってよ」

「ずるい……です」

「俺が少し触れただけですぐ発情するようになったもんね」

「っ……」

「……湖依が可愛い反応するから俺まで欲しくなってきた」

　末紘くんの欲しがってるときの瞳はすごく危険。

　熱っぽくて、艶っぽくて。

　満足するまで離さないって。

「湖依が欲しがる姿も見たかったけど」

「んっ……」

「俺が限界だから……甘いのたくさんしよ」

　キスされた瞬間、身体にあった熱がパッとはじけて全身がゾクゾクッとした。

　触れただけなのに、頭の芯からぜんぶ溶けちゃいそうなくらいジーンとして麻痺してる感覚。

「……口あけて」

「ふぅ……っ」

「湖依の熱もちょーだい」

　何も考えられなくなるほど……末紘くんとのキスはまる

で甘い毒みたい。

　全身に回って痺れちゃいそう。

「……もっと俺とのキスに集中して」

「んんっ……」

　やっぱりわたしの身体おかしいのかな。

　ちょっとしたことですぐ発情しちゃう。

　一度キスしたら治まるはずなのに。

「はぁ……っ。キスしたらもっと欲しくなってきた」

「んぅ……」

「……湖依も欲しいでしょ」

　余計に気分が高まって、もっともっと欲しくなっちゃう
なんて。

＊　＊　＊

　わたしの身体ぜったいおかしくなってる。

　前はこんなに発情することなかったのに。

「うぅ……どうしたらいいんだろう」

　薬……抑制剤を飲むのも考えたほうがいいのかな。

　未紘くんから抑制剤は身体に負担がかかるから、使っ
ちゃダメって言われてるけど。

　そもそも、なんでこんなに発情するようになっちゃった
んだろう。

　もしかして、わたしの身体に何か異常が起きてるとか？

　でも、こんなの病院に行ったとしても解決してもらえそ

うな問題じゃないし。

　それから数日グルグル考えてみた結果。

　だいぶ前に依佳が、番に関する特集が組まれた雑誌を読んでいたのを思い出した。

　"運命の番"は、雑誌やテレビなど様々なメディアで取りあげられているのをすっかり忘れていた。

　今までは運命の番とか、そういうものに興味がなかったからテレビは見なかったし、雑誌も読まなかったけど。

　いろいろ気になることが載ってるかもしれないので、放課後ひとり本屋さんへ。

　もちろん未紘くんにはちゃんと許可をもらってる。

　心配だから一緒に行くって言われたけど断って。

　そのかわり車を用意されて、帰るときは必ず連絡するようにしてって。

　未紘くんの過保護っぷりが最近ひどくなってるような。

　そんなことを考えながら本屋さんに到着してびっくり。

　今もこんなに運命の番って話題になってるんだ。

　運命の番を題材にした小説があったり。

　それが映画化されて宣伝のポスターまで飾られてる。

　どの雑誌を見ても表紙に"運命の番特集"とかそんなようなことが多く書かれてる。

　雑誌をパラパラッと数ページめくってみると、運命の番と出会うには？とか、出会ったときにどうなるの？とか、本当に好きな相手が番じゃなかったら？とか……。

　い、いろんなことが書いてある……!!

さらに見ていくと。

【番に発情する回数が増えてしまう理由は？】

こ、これだ！　えっと、番に発情する回数が増える理由
は……。

「相手を想う気持ちが強くなってる……から」

えっ、えっ……？　こ、このアンサーほんとに正解なの
かな？

近くにあった別の雑誌でも似たようなものがあったけ
ど、答えはほとんど一緒。

最初は意識していなかった相手でも、一緒にいるうちに
強く惹かれ合うこともあるみたいで。

【本能的に相手を求めてる＝もしかしたら相手への気持
ちがグッと強くなってる可能性も！　一度自分の気持ちを
整理してみましょう！】……なんてことが書かれてる。

つ、つまり……最近よく未紘くんを求めちゃうのは、未
紘くんを想う気持ちが強くなってるからってこと？

出会った頃に比べたら、未紘くんのことたくさん知れて、
気づいたら誰よりもそばにいる存在。

天音くんに言われた通り、きっかけは運命の番だからっ
て理由だけれど。

甘えたな未紘くんも、優しくて守ってくれる未紘くんも。

心配性でわたしのことすごく大切にしてくれる未紘くん
も──どんな未紘くんにもドキドキしてる自分がいて。

ど、どうしよう。未紘くんがそばにいない今もこんなに
考えちゃうなんて。

「どんどん頭の中が未紘くんでいっぱいになっちゃう……」

　解決策を探しに行ったはずが、ますます未紘くんを意識するきっかけが増えてしまった。

未紘くんの好きな子。

「ねー、湖依」

「ひゃ、ひゃいっ！」

「……最近なんでそんな不自然なの？」

「ふ、不自然でしょうか！」

「うん。ものすごーく不自然」

　未紘くんをさらに意識しちゃうきっかけができた結果。

「なんか最近よそよそしい気がするんだけど」

「そ、そんなことないですよ！　普通です！」

　未紘くんのそばにいると、このとおり空回りばかりしちゃってます。

「俺は湖依に捨てられて寂しい思いしてんのに」

「捨ててないですよ！」

「だっていつもはもっと甘やかしてくれんのに」

　ソファの端っこに逃げてたら、未紘くんが不満そうな顔をして身体を前に乗り出して近づいてくる。

「ってか、なんで俺から離れようとするの」

「きゃっ……」

　ちょっと強引に肩を抱き寄せられて、簡単に未紘くんの腕の中に。

　未紘くんに触れられるだけで、心臓がものすごくバクバクしてる。

　こ、こんなのずっと続いたら心臓が壊れちゃう。

「の、喉渇きましたね！　飲み物取ってきます！」

逃げるようにキッチンのほうへ。

お水でも飲んでいったん落ち着かないと……！

冷蔵庫に入ってるペットボトルを取り出して、流し込むように飲んでると。

背後にフッと未紘くんが立ったのがわかる。

せっかく距離を取ったのに、簡単に詰めてこられちゃう。

「俺にも水ちょーだい」

「あっ、えぇっと、じゃあ新しいやつを……」

「それ。湖依が飲んでるやつでいーよ」

くるっと振り返ると、手に持っているペットボトルをさらっと奪われちゃった。

てっきりそのまま飲むのかと思いきや。

「湖依が飲んで」

「未紘くんが飲みたいんじゃ……」

「うん。いーから飲んで」

言われるがまま、さっきと同じように口の中に水を流し込むと。

飲み込む前に未紘くんが薄く笑って顔を近づけて。

「そのまま俺にちょーだい」

「んんっ……」

下からすくいあげるように唇を塞がれて、強引に口をこじあけてくる。

口の端から水がこぼれて……でも、そんなの気にしてるひまもないくらいキスが甘くてクラクラする。

　軽く唇をチュッと吸って、わずかに離れると。

　今度は未紘くんがペットボトルに口をつけて、お水を含（ふく）んで。

「次は俺があげる」

「ふぅ……ん」

　また唇が塞がれて、口をあけると冷たい水が流れ込んでくる。

　口の中は冷たいのに触れてる唇が熱くて変な感覚。

　身体の熱もあがって、息も苦しくてクラッとする。

「……っと。きもちよくて脚（あし）に力入んない？」

　膝から崩れそうになるところを、とっさに未紘くんがわたしの腰に手を回して支えてもらってる状態。

「……ベッドで続きしよっか」

「ん……っ」

　こんなにキスして触れ合うのダメなのに……っ。

　キスしたまま。お姫様抱っこで寝室のほうへ。

　ベッドの上にゆっくり倒されて、その間もずっと唇を塞がれたまま。

　息が苦しくて、酸素（さんそ）を求めるように無意識に少しだけ顔を横にずらすと。

「……唇ずらしちゃダーメ」

　顎をクイッとされて、すぐもとに戻されちゃう。

　ずっとうまく息ができないから、酸素が足りないのか頭がボーッとしてきてる。

「苦しいならもっと口あけて」

キスされたまま、わずかに口をあけると。

酸素が入ってきたのはほんの少し。

「従順な湖依もたまんない……もっとしよ」

舌が深く入り込んできて、熱が暴れて絡み取ってきて、吸い付くような溶けちゃいそうなキス。

ずっとずっと、自分の中で抑え込んでいたのに。

刺激が強すぎて身体は簡単に熱を持ち始めちゃう。

「キスしたらもっと欲しくなった？」

「ぅ、ちが……っ」

「身体こんな熱くなってんのに？」

キスしたら発情は治まるはずなのに。

まだ身体の熱が引いてない。

身体の内側が、もっと欲しいって求めてる。

「最近やたら発情するね」

「はぁ……ぅ」

「……俺のこと欲しくてたまんないの？」

言わせたがりの末紘くんは、余裕そうに笑いながら何度も深くキスをしてくる。

弱いところを少しずつ攻める手つきで触れられて。

「はぁ……やばっ。ゾクゾクする」

「ふっ……ぅ」

「湖依の身体が満足するまでずっと甘いことしてあげる」

＊　＊　＊

　やっと発情した状態から落ち着いて、未紘くんと一緒にいつものように寝ることに。

「ご、ごめんなさい。なかなか落ち着かなくて」

「いーよ。湖依に求められるの好きだし」

　あんなにたくさんキスしてもらわないと治らないなんて、やっぱりわたしの身体おかしいのかな。

　それとも……未紘くんに対する想いが前より強くなってるから？

　どちらにせよ、これ以上発情の頻度が増えちゃうと未紘くんに迷惑かかっちゃうし。

「でも、このままだとよくない気がして。前にもらった抑制剤を飲んだほうがいいのかなって」

　まだ一度も服用したことないけど。

　これだけ発情することが多いと、使ったほうがいいような気もして。

「薬で抑えるのダメって言ったでしょ。俺がキスで抑えてあげるから」

「それだと未紘くんに迷惑かかっちゃいます……」

「迷惑なんて思ってないし。むしろ俺だけ求めて」

　こんなに甘いこと言われると……やっぱり考えちゃう。

　未紘くんはわたしのことどう思ってるのかなって。

　そんなことストレートに聞けない。

　それに……今までずっと触れてこなかったけど。

　未紘くんは好きな子とかいるのかな……。

　もしいたとしたら……って考えたら、なんでかわからな

いけど胸の奥がもやっとした。

　だけどその答えが、まさかのかたちでわかってしまうことになるなんて。

＊　＊　＊

　ある日の放課後。

　職員室に用事があって寮に帰るのが少し遅くなってしまった。

　未紘くんには事情を話して先に帰ってもらい、今ようやく先生からの話が終わって寮に帰ってきたところ。

　部屋の中はシーンとしてる。

　あれ。未紘くん帰ってきてないのかな。

　……と思ったら、ソファに横になってスヤスヤ寝てる未紘くんを発見。

　疲れてるのかな。

　わたしがそばに近づいても起きる気配がなさそう。

　無防備な寝顔に吸い込まれるように、気づいたらもっと近づいてた。

　いつもなら自分から近づくなんて恥ずかしくてできないのに。

　寝ている未紘くんの髪にそっと触れると。

　たぶん寝ぼけてるのか、触れた手をグイッと引っ張られてあっという間に未紘くんの腕の中。

「えっ、あ……未紘くん？」

「…………」

スヤスヤ寝息が聞こえる。

無意識……かな。

いい加減こうやって抱きしめられるのも慣れなきゃいけ
ないのに、ちっとも慣れない。

近すぎる距離に胸がドキッと音を立てた瞬間――。

「はな……俺から離れないで」

それが一瞬で……不安な音に変わった。

今たしかに"はな"って呼んだ……?

小さくて聞き取りにくかったけど、ちょっと切なそうな
声だった。

初めて未紘くんの口から女の子の名前を聞いた。

今まで一度も未紘くんの好きな子については触れてこな
かったから。

胸に何かものすごい衝撃を受けた感じ。

「み、ひろ……くん……?」

「…………」

いつもなら、わたしの名前を呼んでくれるのに。

反応がないのが寂しい。

同時に心臓がギュッとつぶされてるみたい。

抱きしめられてるのに、ドキドキするどころかモヤモヤ
が増えていくばかり。

今わたしをこうして抱きしめてるのも、さっき名前を呼
んだ"はなちゃん"のことを想って……?

何か自分の中が、今まで感じたことない……ドロドロし

たものに支配されていきそう。

　未紘くんのそばにいるのは、わたしだけだと思ってたのに……それはやっぱり違ったのかな。

　まだ未紘くんと"はなちゃん"が、どういう関係なのかもわからないのに。

　ひとりでグルグル考えて、モヤモヤしちゃうのどうにかしないといけない。

「ん……湖依？」

　あっ、未紘くんが目を覚ましちゃった。

　どうしよう。今わたしどんな顔してるかな。

　気持ちが顔に出てないといいんだけど……。

「……寝込み襲いにきたの？」

　顔を見られたくなくて、未紘くんにギュッてしたまま胸に顔を埋めてると。

「どーしたの。なんかあった？」

　優しい声で聞きだそうとする未紘くんはずるい。

　すぐにわたしの変化に気づくから。

「なんでもない……です」

　心配してくれてるのに強がって可愛くない。

　こんな態度取っていたら、未紘くんもさすがに呆れちゃうかと思ったのに。

　何も言わずにギュッと抱きしめてくれて、背中を優しく撫でてくれてる。

「……湖依が元気ないと心配になる」

　未紘くんがこうして優しく名前を呼ぶのは、わたしだけ

がいいって思うのは欲張り……なのかな。

　いろんなモヤモヤが襲いかかってきて、うまく処理できない。

「ちょっと疲れちゃって……」

　とっさについた嘘なのに。

「……体調悪い？　顔色あんまよくないよ」

　ゆっくり身体を離して、しっかり顔を見ながらほんとに心配してくれてるのが伝わってくる。

　いま胸に抱えてる気持ちをうまく説明できない。

　重くて、苦しくて、どんよりして。

　こんなのぜんぶ知らないものばかり。

　そして、ひとつだけはっきりしてるのは……未紘くんに対しての気持ちが、前よりずっと大きくなってること。

　自分の中の感情が……しっかり動き出してる。

第 4 章

好きって想いは隠せない。

　未紘くんが呼んでいた女の子の名前が気になって早くも１週間近くが過ぎた頃。

「こーよりちゃん！　さっきからボーッとしてるけど大丈夫？」

「あっ、ちょっと考え事してて」

　膨れていく謎のモヤモヤをいまだに解決できず。

　ほぼ毎日ずっと悩んじゃう始末……。

　そんな様子のわたしを恋桃ちゃんも心配してくれてる。

「考え事かぁ。わたしでよければ相談に乗るよ！」

「うっ……えっと、自分でも今あんまり気持ちが整理できてなくて。相談できる状態じゃないっていうか。ご、ごめんね、恋桃ちゃん心配してくれてるのに……」

「そうなんだね！　いいよ、全然気にしないで！　もし湖依ちゃんが何か悩んでるならいつでも聞くからね！　あんまりひとりで抱え込んじゃダメだよ？」

「う、うん。ありがとう」

　このままの状態が続くのあんまりよくないなぁ……。

　かといって未紘くんに直接聞く勇気はないし。

　聞けないのはきっと返ってくる答えが怖いから。

　だって、もし“はなちゃん”が未紘くんにとって大切な子だってわかってしまったら。

　未紘くんのそばにいる資格がなくなっちゃうから。

うぅ……また悩みの負のループにはまってる……。

こんなふうに気になり続けて、ずっと気分が晴れないのは嫌だし。

——で、結局話を聞きに行く相手はひとりしかいなくて。

「未紘に内緒で会いにくるなんて湖依ちゃんもワルイ子だねー」

未紘くんのことをいちばん知ってる幼なじみでもある天音くんなら何か知ってるかと思って。

ほんとはふたりになるのダメって言われてるけど。

ちゃんと警戒してるし、話が終わったらすぐに帰るつもりだから。

「それで俺に何か用？ もしかして未紘から俺に乗り換える気になったとか？」

「天音くんに聞きたいことがあって」

「俺の好きなタイプ？ んー、やっぱり湖依ちゃんかな」

「そ、そうじゃなくて！」

「ははっ、ごめんね。湖依ちゃんがあまりにどんより暗い顔してるから」

「そんなに暗いですか」

「うん。なんか悩んでるんだろうなーって。まあ、原因は間違いなく未紘のことでしょ」

天音くんが鋭いのか。

それともわたしがわかりやすいのか。

「で、なんでしょう。湖依ちゃんが知りたいことは」

「天音くんは、はなちゃんって知ってますか？」

　ストレートに聞きすぎたかな。

　ぜったいなんのこと？って反応されると思ったのに。

　天音くんは、まったく表情を崩すことなく。

「知ってるよ」

　……って、はっきり言った。

「未紘から聞いたの？」

「たまたま寝言で呼んでたのを聞いちゃって」

「へぇ。じゃあ、未紘本人には何も聞いてないんだ？」

「き、聞けなかったので、天音くんに聞きに来ました」

「それが原因で湖依ちゃんは、どんより重たい気持ちになってるわけだ？」

「そう、です」

　すると天音くん、しばらく何か考えるそぶりを見せて。

　何か思いついたのかポンッと軽く手を叩いた。

「ねぇ、湖依ちゃん。俺いまからすごくイジワルなこと言うけどいい？」

「イジワルなこと？」

「俺が今から言うことはどれも本当のことだけど。どうとらえるかは湖依ちゃん次第ってことで」

　いまいち天音くんの言ってることが理解できないけど。

　本当のこと教えてもらえるならいいのかな。

「花ちゃんのこと知りたいんでしょ？　それなら教えてあげるよ」

「…………」

「花ちゃんはね——未紘がずっと忘れられない……かけが

えのない存在だよ」

　忘れられない、かけがえのない存在……だからあんなに切なそうに呼んでいたんだ。

　頭に何か強い衝撃を受けたんじゃないかってくらい、何も考えられなくて。

　人ってショックなことがあると、頭が真っ白になるってほんとだったんだ。

　胸がものすごく痛くて、心が悲しいって叫んでる。

　未紘くんにちゃんと大切にしたいと思ってる子がいるのがわかった途端、胸が締め付けられるみたいに苦しい。

「たぶん今もまだ好きだよ」

「っ……」

「すごく大切にしてたの俺知ってるし。毎日どこ行くのも一緒で、未紘は花ちゃんがそばにいないと夜寝れなかったみたいだしね」

　なんでそんな大切な子がいるのに、わたしに対して優しくしたり甘えたりしたの……？

　誰も知らない……わたしだけが知ってると思っていた未紘くんの素顔は……わたしだけのものじゃなかったんだ。

　胸がもっと苦しくて張り裂けそう……。

「湖依ちゃんはそんな顔もするんだね。未紘のこと想ってるからこそ今の話聞いて苦しいんだよね」

　気づいたら瞳が涙でいっぱいになってて、大粒の涙がポロッと落ちた。

「泣かないで。ごめんね、俺がいろいろ話しすぎちゃった

かな」

「そ、そんなことない……です」

　自分で涙を拭っても拭いきれなくて。

　見かねた天音くんがわたしの両頬を包み込んで、指で優しく涙を拭ってくれた。

「ふたりは付き合ってたんですか……？」

「んー、付き合うのは無理かな。お互い好きだけど、そういう関係にはなれないだろうし」

　天音くんが話してる感じだと、何か複雑な事情があるのかな。

　だとしたら、好き同士なのに結ばれないなんてすごく苦しくて悲しいことなんじゃ。

「こんなに泣いちゃうくらい未紘のことが好きなんだね」

「っ……す、好き？」

「え。湖依ちゃんは未紘のこと好きじゃないの？」

　わたしが未紘くんを好き……？

　思考が一瞬ぜんぶ停止して。

　同時に今までずっと気づけなかった気持ちの正体がやっとわかった気がする。

「あ……わたし、未紘くんのことが好き……なんだ」

　今まで恋をしたことがなくて、誰かを好きになる感情がわからなかったけれど。

「もしかして自覚なかったの？」

　気づいた途端、急に顔が熱くなってきたような気がする。

　わたしの反応に天音くんは目を見開いて驚いてる様子。

「いやいや、湖依ちゃんものすごい恋愛には鈍感だろうなーとは思ってたけどさ。まさか好きって自覚がなかったのはびっくり」

　そっか……。わたし未紘くんのこと好きだから、誰にも渡したくなくて、自分だけが独占したいって気持ちになってたんだ。

　運命の番だからっていうのは、出会ったきっかけにしかすぎなくて。

　未紘くんの優しさに触れたり、みんなが知らない一面を知ることができたり。

　わたしだけに甘えたがりなのも、いざとなったときにわたしのことを守ってくれるところも。

　そばにいるうちに、心が強く惹かれてたんだ。

　運命の番だからじゃなくて……未紘くんだから好きになったんだ。

「なんだー、俺めちゃくちゃ余計なことしちゃったね。湖依ちゃんが未紘のこと好きって気づくのアシストしちゃったんだもんね」

「え、えっと……」

「俺も湖依ちゃんのこと結構本気で狙ってたのにさ」

「そ、それは何かの冗談——」

「ううん、冗談じゃないよ。未紘が手放したくないのわかるなーって。湖依ちゃんは内面から素敵な女の子だから。困ってる人を放っておけない心の優しい子でしょ？　それに素直だし、ちょっと天然入ってるところもいいなーって」

　やっと未紘くんのことが好きって気づけて、それだけで
いっぱいいっぱいなのに。
「だからさ……未紘のことなんか諦めて俺にしたらいいの
に。俺だったら湖依ちゃんに悲しい思いさせないよ」
　こんなこと言われたら、頭の中いっぱいでキャパオーバー
バーになっちゃう……。
「今は俺に気持ちはないかもしれないけど。時間をかけて
俺のこと知って、少しずつ好きになるのもありじゃないか
なって」
　スッとわたしの片手を取って、手の甲に軽く触れるだけ
のキスを落としながら。
「未紘のことばっかり考えるんじゃなくて、俺のことも
ちょっとは意識してね」

＊　＊　＊

　ほんとなら未紘くんを迎えに行かなきゃいけないのに。
ひとりで寮に帰ってきてしまった。
　もう頭が爆発しちゃいそうで、とりあえず今はひとりの
時間が欲しくて。
　帰ってきてから着替えもせずに、ひとりでただボーッと
してるだけ。
　人って自分の中で処理しきれないことが起こると、逆に
何も考えられなくて真っ白になっちゃうんだ。
　気持ちの整理をしたいのに、全然うまくまとまらない。

　しかも勝手にひとりで帰ってるから、未紘くんぜったい心配してる。

　もしかしたら、まだ教室でわたしが来るの待ってるかもしれない。

　……なんて、こんなことを考えてる間に部屋の外から何やら騒がしい音がして。

「はぁぁぁ……いた。めちゃくちゃ心配したんだけど」

　部屋の扉がものすごい勢いで開いて、心配して焦ってる未紘くんが慌てて中に飛び込んできた。

　そういえば、前にわたしが階段から落ちてケガをしたときも、こんなふうだったような。

「……なんでひとりで帰ったりしたの。教室で待ってても来ないし、連絡してもつながらないし。何かあったんじゃないかって本気で焦った」

　未紘くんのことが好きだってわかった途端、こうして近くにいるだけで心臓が誤作動を起こしちゃいそう。

「ご、ごめんなさい。考え事してたら頭いっぱいで気が回らなくなっちゃって」

「……どーしたの？　何かあった？」

　そんな優しい声で聞かないで。

　勘違いしちゃう……から。

　もしかしたら未紘くんも、わたしと同じ気持ちでいてくれてるんじゃないかって。

　でも、それはありえないことで。

　せっかく好きって気づいたのに。

　それが叶わないってわかっていたら、伝えることもできない。

　叶わないのにそばにいるのはすごくつらいこと。

　それに、こうして未紘くんの優しさに触れたら……もっと好きが増えていっちゃう。

　わたし気づいたら、こんなにも未紘くんでいっぱいになってたんだ。

　出会った頃よりもずっと、ずっと……未紘くんへの気持ちは大きくなっていて。

　今はちゃんと……心から未紘くんのこと好きになってるってわかる。

　でも今気づいたところでもう遅かったのかな。

　だって、未紘くんにはわたし以外に好きな女の子がいて。

　今もまだその子を想っているなら──わたしの想いは未紘くんには届かない。

　運命の番じゃない人を好きになるのは、この世界ではよくあること。

　それに、運命の番として出会ったからといって必ずしも結ばれるとは限らない。

　そう考えたら運命って言葉は綺麗じゃない──残酷だ。

「……なんでそんな泣きそうな顔してるの?」

「っ……」

　今すぐにでも好きって言葉を口にしてしまいそう。

　それはダメだって、自分の中で抑えようとすると胸がギュッと苦しくなる。

「俺に言えない？」

　口元をキュッと結んで、うつむいた。

　こんなわたしの態度に呆れてるかもしれない。

　勝手にひとりで帰って、理由も何も言えなくて、ただ黙り込むだけ。

　うつむいたまま、言葉に詰まっていると。

　上からふわっと未紘くんの温もりに包み込まれた。

「今は無理に聞かないけど。湖依が何か悩んでるなら俺に話してほしいって思うよ。湖依のいちばんそばにいるのは俺だから」

　ほんとにそばにいたいと思う人が他にいるのに、こんなこと言う未紘くんは、どこまでずるい人なの。

　いっそのこと——未紘くんの優しさぜんぶ……わたしが独占できたらいいのに。

すれ違う気持ち。

「はぁ……どうしよう」

　何も変わらない、お昼休み。

　いつもどおり未紘くんを迎えに行くところなんだけど。

　ほんとは今あんまり未紘くんとふたりっきりになりたくない。

　寮ではどうしてもふたりになるから、避けられないけど。

　極力そばにいないようにしてる。

　だって、未紘くんにドキドキして発情しちゃったら……キスで抑えてもらうしかないし。

　今までどおりキスされたら前よりもっとドキドキして、好きって気持ちがあふれちゃいそう。

　反対に未紘くんの気持ちが他の人にあるのを知ってる状態でキスされるのは、心臓が押しつぶされそうなくらい苦しい。

　だから、好きって気持ちを悟られないように、なるべく自然に接してるんだけど。

「み、未紘くん、ちゃんとお昼食べてください」

「ん……今は湖依に甘えたい気分だから甘やかして」

　未紘くんは平常運転でわたしの肩に頭をコツンと乗せて、寄りかかってきてる。

　うっ……これだけでもかなり心臓に悪いのに。

　意識を未紘くんに向けないように、黙々とお弁当を食べ

進める。

　けど……。

「ねー、湖依」

　顎に未紘くんの指が軽く触れて、そのまま未紘くんのほうを向かされて……バチッと視線が絡む。

　その瞬間、心臓が強くドクッと音を立てて……身体の内側がちょっと熱くなってる。

「……なんで俺のほう見ないの？」

　か、顔近い……っ。

　ただ見つめられてるだけなのに、何か魔法にかかってるみたいにドキドキして動けない。

「……答えないなら湖依の唇にイジワルするよ」

　指で唇を触られてるだけなのに。

　身体が異常に敏感になってるせいか、これだけでも気持ちが高ぶって、もっとしてほしくなっちゃう……から。

「ご、ごめんなさい。まだ終わってない課題があるの思い出したので教室に戻ります！　未紘くんは、ゆっくりお昼食べててください」

　スッとその場から立ちあがって、逃げるように部屋を出てしまった。

　不自然に避けすぎたかな。

　でも、あのまま未紘くんに迫られたら心臓が持ちそうになかったし。

　それに……やっぱり身体が火照ってる。

　身体から熱が引いていかないから……発情しちゃったの

かな。

　ただ見つめられて、少し触れられただけなのに。

　今までずっと未紘くんのキスで抑えてもらっていたから、どうしたらいいんだろう。

「はぁ……っ」

　息も苦しくなってきて、熱くてもどかしい。

　身体がふらっとして、とっさに壁に手をついた。

　これずっとこのままなの……？

　番のキス以外で発情を抑える方法──抑制剤を飲むしかないのかな。

　この状態では教室に戻れないし。

　何かあったときのために、常に薬は持ち歩くようにって言われていたから。

　スカートのポケットに入れている抑制剤が入ったケースを取り出した。

　ほんとは飲むのダメって言われてるけど。

　こういうときはやむを得ないよね。

　１錠だけ……水を口に含んで飲み込んだ。

　ほんとに効くか疑心暗鬼だったけど。

　即効性があるみたいで、すぐに身体から熱がスッと引いていった。

　身体に大きな負担がかかるって聞いていたけど。

　今のところそんなに負荷がかかってる感じもしないし。

　これなら普段から使ってもいいかな。

＊　＊　＊

──放課後。

さっきちょうど末紘くんからメッセージが届いてた。

急きょお父さんの会社に呼ばれたみたいで、もう学園を出て向かってるから先に寮に帰っていいよって。

そして、末紘くんが帰ってきたのは夜の9時過ぎ。

「お、おかえりなさい」

「ん……もう倒れそう。湖依不足で死ぬ」

かなりお疲れ気味なのか、部屋に入ってきた途端いつものように抱きついてきた。

末紘くんの甘い匂いがふわっと鼻をかすめるだけで、胸のあたりがキュッてなる。

うっ……ここは平常心を保って、何もないように接しないと。

「えっと、ごはんかお風呂どっち先にしますか？」

「……湖依にする」

「あ、じゃあすぐに準備──って、えっ？」

「うん、いーよ。今ここでもらうから」

ひょいっと抱きあげられて、ソファの上におろされて。

グイグイ攻めてくる末紘くん。

「……可愛い湖依でたっぷり癒して」

「え、ちょ……っ」

ソファに手をついて身体を少し後ろに下げるけど、背もたれがあたってこれ以上は逃げ場がない。

「昼休みおあずけ食らったし」

　ネクタイをゆるめながら迫ってくる未紘くんは、いつもの何倍も色っぽくて、お腹をすかせたオオカミみたい。

「……俺の欲求満たしてよ、可愛いメイドさん」

「よ、よっきゅ……!?」

「湖依のご主人様は誰だっけ?」

「未紘くん……です」

「んじゃ、俺の言うことはぜったいだよね」

　ここで未紘くんのペースに流されちゃったら、あとで大変なことになっちゃう。

「い、今はダメです……!　疲れてるなら、ちゃんとごはん食べてお風呂入ったほうが身体が休まると思うので」

「俺はこんなに湖依と離れたくないのに?」

　そんな捨てられた子犬みたいな目で見るのずるい……っ!

　わたしだって自分を保つために必死なのに。

「未紘くんの身体を思って言ってるので聞いてほしいです」

　控えめにお願いしてみると。

「はぁぁぁ……湖依の優しさには負けるね」

　離れるのを惜しんで、最後にわたしの頭をポンポンと撫でて。

「んじゃ、寝るときたくさん甘やかして」

　お願いした効果があったのか、そのままお風呂に行ってくれた。

　でも、今日の未紘くんはいつも以上に甘えん坊で。

　お風呂から出たら髪を乾かしてほしいって甘えたり。

　ごはんを食べ終わった後も、食器を洗ってるわたしの後ろでずっとベッタリだし。

　この生活を続けていたら、わたしの心臓ひとつじゃ足りない。

＊　＊　＊

　そして寝る時間になった。

　未紘くんはひとりでは寝てくれないので、ぜったいわたしを連れて寝室に行く。

　少し薄暗い中で、身体をゆっくりベッドに倒すとすぐに未紘くんの温もりに包まれた。

　おとなしく抱きしめられたままでいると、耳元でスヤスヤきもちよさそうな寝息が聞こえてきた。

　相当疲れてたのかな。

　ベッドに入った途端に寝ちゃうくらいだし。

　わたしも早く寝ないと。

　ギュッと目をつぶって意識を飛ばしたいのに、ちっとも眠れない。

　原因は未紘くんがそばにいてドキドキしてるせい。

　前は寝るとき抱きしめられても発情しなかったのに。

　好きって気持ちが今ピークに強いせいか、ちょっとしたことで気分が高まっちゃう。

　このままだと眠れない……から。

　こっそり寝室を抜け出して、抑制剤を飲むことにした。

　１日に何度も服用しても大丈夫か不安もあるけど、抑えるためには飲むしかないし。

　飲んだらしばらく薬が効いてるだろうから、未紘くんがそばにいても平気かな。

　薬を飲んで少ししたら気分も落ち着いたので、寝室に戻って眠りに落ちることができた。

　これがきっかけで、薬を飲む回数が前よりずっと増えてしまった。

　発情したときはもちろん、寝る前もこっそり抑制剤を飲むようになった。

　だって、寝るときいつも未紘くんがそばにいて、ドキドキしないわけがなくて。

　抑制剤は発情する前に飲んでも、発情を抑える効果があるみたいだから。

＊　＊　＊

　そんな生活を続けて数日が過ぎた頃。

　なんだか最近、身体がすごく重たく感じる。

　とくに体調が悪いわけじゃないのに、１日中ずっと身体がだるくて強い倦怠感（けんたいかん）がある状態。

「湖依ちゃん最近なんか疲れてる？　顔色よくないし……。体調悪かったら保健室行ったほうがいいんじゃないかな？」

「ちょっと睡眠不足なだけかな。恋桃ちゃんごめんね、い

つも心配かけちゃって」

「ううん、気にしないで！ 湖依ちゃんが元気ないと心配になっちゃうの当たり前だよっ。無理しちゃダメだよ？ だるかったりしたら遠慮なく言ってね？ わたし保健室に付き添いで行くから！」

「うん、ありがとう」

　身体は起きてるはずなのに、意識だけがどこかにいってるような感覚だから、ずっとボーッとしちゃう。

　どうしても我慢できない日は保健室でベッドを借りて数時間寝かせてもらったり。

「うーん、今日も微熱気味ね。身体のほうも相変わらずだるさが取れていないみたいだし。何が原因なのかしら」

　気づいたら保健室の常連になってしまった。

　養護教諭の中野先生もすごく心配してくれてる。

「す、すみません……いつもベッド借りてしまって」

「いいのよ、気にしないで。でも、これだけ体調がすぐれないのは心配よね。一度病院に行ったほうがよさそうな気もするけれど」

　思い当たるのは抑制剤を飲んでること。

　これが原因になってるかもしれない。

「薬……を飲んでいて」

　先生になら事情を話してもいいかな。

　何かアドバイスをもらえるかもしれないし。

　事情を簡単に話すと、先生は納得した様子で。

「そうなのね。たしかに抑制剤は身体に大きな負担がかか

るって聞いたことがあるわね。とくに女の子の身体は
ちょっとしたことでバランスが崩れるとすぐ体調に現れる
し。今までずっと抑制剤を飲んでいたってことは、身体に
負荷がかかっている可能性もあるし。とにかく薬の服用は
すぐにやめたほうがいいわね」

　身体が限界を超えてからじゃ遅いって、先生にも止めら
れた。

　結局、この日は放課後まで保健室で寝かせてもらった。

　未紘くんを迎えに行って寮に帰ってきて、部屋の掃除や
晩ごはんの支度をしてるけど。

　ずっとボーッとしてる感じで、頭があんまり働いてない。

　保健室で結構休んだのに、まだこの状態が続いてるって
ことは薬の副作用なのかな。

　洗った食器を片づけるために、食器棚の少し高いところ
に手を伸ばすと。

　身体がグラッと揺れて、視界もぐるんと回って。

　後ろに全重心がいっちゃって倒れそうになる寸前——。

「……っ、あぶな」

　とっさに未紘くんが抱きとめてくれた。

「ご、ごめんなさい。ちょっとふらっとしちゃって」

「最近顔色よくないけど体調悪い？」

「大丈夫です。ちょっと寝不足なだけ、です」

「無理しなくていーから。体調良くないなら休んで」

　ふわっと抱きあげられて、そのままベッドに運ばれた。

　未紘くんはベッドの横で心配そうな顔をして、わたしの

手を優しく握ってくれてる。

「やっぱり心配だから病院に行って診てもらお。すぐに車呼んで──」

「だ、大丈夫……です！　ちょっと疲れがたまってるだけだと思うので」

　もし病院に行って、抑制剤を飲んでることがバレたらまずい。

　しかも、それで体調が悪くなってるなんて知られたら、きっと未紘くんに怒られちゃうだろうから。

　それに、いちばん困るのはどうして抑制剤を飲んでるのかって聞かれたとき。

　やっぱり、抑制剤を飲む頻度を少しでも減らさなきゃいけない。

「も、もしかしたら風邪の前兆かなって……。未紘くんに移しちゃうと悪いので、今日は別の部屋で寝てもいいですか？」

　少しでもふたりになる時間を減らすしかない。

「んじゃ、湖依がここの部屋のベッド使って。俺がソファで寝るから」

「それはダメです。わたしがソファで寝ます」

「いや、そっちのほうがダメでしょ。湖依は体調悪いんだからベッドで寝て。ご主人様の言うことはぜったいでしょ」

　こうやって未紘くんの優しさに触れると、また好きが増えていく。

「今はゆっくり休んで。俺のことは気にしなくていーから」

　最後にわたしの頭を軽く撫でて、未紘くんは部屋を出て
いった。

　それから食欲はなくて、晩ごはんは口にしないまま。

　お風呂でゆっくりして、早めに眠ることにした。

　いつも未紘くんと寝てるベッドは、ひとりで寝るにはす
ごく広く感じる。

　これで今日は抑制剤を飲まなくてすむと思ったのに。

　ベッドのシーツから未紘くんの匂いがして。

「はぁ……っ」

　それだけで身体が熱くなってる。

　未紘くんがそばにいるわけでも、直接触れられてるわけ
でもないのに。

　わたしほんとに未紘くんがいないとダメな身体になっ
ちゃってる。

　しばらく様子を見たけど、落ち着くことはなくてずっと
苦しい。

　全然眠れないまま、スマホで時間を確認したら夜の11
時を過ぎていた。

　この時間なら未紘くんも寝てるかな。

　ふらふらの足取りでキッチンに向かって、ボーッとする
意識の中で水道の蛇口をキュッとひねる。

　真っ暗な中なるべく音を立てないように、ある程度コッ
プに水がたまったのを確認して、抑制剤を口に入れようと
した瞬間。

　パッと周りの電気がついた。

　もちろんわたしがつけたわけでもなくて、勝手についたわけでもない。
「……どーしたの、こんな時間に」
　たまたま起きてきた未紘くんがつけたみたい。
　ど、どうしよう。
　頭の中は軽くパニック状態で、しかも頭がうまく回らないせいで、その場で固まることしかできない。
　だから──。
「その手に持ってるの何？」
　動揺（どうよう）して薬とケースを床（ゆか）に落としてしまった。
　すぐに未紘くんが気づいて、落ちた薬とケースを見ると。
「……なんで抑制剤飲んでんの」
「っ……」
　ずっと隠してたのに、こんなかたちでバレちゃうんて。
　未紘くんの顔が見れない。
　だって、声的に怒ってるような感じがしたから。
「前に俺があげたときより数がすごく減ってる。俺に隠れて飲んでたの？」
　何も言えずに、ただ下を向くことしかできない。
「だから最近すごく体調が悪かったってこと？　最初にこれ渡したとき、飲むのダメって言ったよね？　身体に負担がかかるからって」
　きっと、わたしのことを思って言ってくれてるのはわかるけど。
　自分の好きな人が、他の人を想っているのを知ってるか

ら──そんな状態でキスなんてされたら、心がすごく苦し
くて耐えられない。

「俺とキスするの嫌になった？」

「そ、それはちが……っ」

「じゃあ飲む理由は何？」

　言えない──未紘くんのことが好きで、気持ちが強く
なってるのを抑えられないなんて。

　未紘くんだって、他に想ってる子がいるのにどうしてわ
たしに優しくするの……って聞けたらいいのに。

　答えを聞くのが怖くて、それができないわたしの心はど
こまでも弱い。

「黙るってことは、それが湖依の答え？」

　未紘くんの胸の中にずっと忘れられない存在がいるのを
わかっていて、好きだなんて言えない……っ。

＊　＊　＊

　あれから未紘くんは何も言わずに部屋を出ていった。

　寝室に戻ったわたしは、一睡もできずに翌朝を迎えてし
まった。

　睡眠不足と薬の副作用が重なって、とても授業を受けら
れそうじゃないので今日は休むことにした。

　未紘くんとは朝に顔を合わせることがなかったから、い
ちおう連絡したほうがいいのかな。

　お昼休みも放課後も迎えに行けないし。

　メッセージで休むことを伝えると。

　既読はついたけど返信はなかった。

　休んだ日は時間が過ぎるのが早くて、あっという間に夕方になった。

　そろそろ未紘くんが帰ってくる時間。

　ベッドから身体を起こすと、タイミングよく寝室の扉が開いて未紘くんが入ってきた。

　何を言われるのか不安で心臓の音が少し速くなって。

　目を合わせるのも気まずくて、目線を少し下に落としたまま。

「……明日からお昼休み来なくていいし、放課後も迎えに来なくていーよ。俺しばらく帰るの遅くなるから」

　それだけ言うと、未紘くんは寝室を出ていった。

　ただコクッとうなずくことしかできなかった。

　なんで迎えに来なくていいのか、帰るの遅くなるって何か理由があるのか……。

　気になることたくさんあるけど、喉のあたりに引っかかって何も聞けない。

　それから毎日ふたりで同じ空間にいるのに、ほとんど会話を交わすこともなくて、すごく距離を感じる。

　こんな状態が続くなら、もうわたしは未紘くんにとって不要なのかな。

　今はメイド制度のおかげで、未紘くんから指名されてメイドとしてそばにいるけど。

　未紘くんが必要ないって思えば、この関係だって簡単に

終わっちゃうだろうから。

　今も未紘くんのピアスと同じ宝石が埋め込まれたものを首につけてる。

　これは、わたしと未紘くんの間で主従関係が成り立ってる証として残ってるもの。

　そういえば、このチョーカーをつけられたとき——これは未紘くんにしか外せないって言ってた。

　外されちゃうのも時間の問題……かな。

　叶わない想いを抱えたままそばにいるのもつらいけど。

　この関係が終わってそばを離れたら、もっと未紘くんが遠い存在になっちゃう。

　そう考えるとそばにいたいと思ったり……矛盾ばかり。

　それから数日間、未紘くんは寮に帰ってくる時間が遅くなった。

　たまに帰ってこないときもあったり。

　お屋敷のほうに泊まってる……のかな。

　自分が理由を何も話せなくて、未紘くんに距離を置かれて傷つくなんて矛盾もいいところ。

　わたしが未紘くんにとって特別だったら……こんな思いしないのに。

　今はもう気持ちがぜんぶぐちゃぐちゃだ。

未紘くんじゃなきゃダメ。

　未紘くんとすれ違う毎日が続く中、学園ではもうすぐ行われる文化祭の話題でもちきりになってる。

　ホームルームの時間で何をやるか話し合った結果、わたしたちのクラスはメイド喫茶をやることになったみたい。

　周りが盛りあがってる中、ひとり考えるのは未紘くんのことばかり。

　未紘くんとは毎日顔は合わせるけど、話すのは必要最低限のことのみ。

　わたしが未紘くんを好きになって。

　でも、未紘くんにはわたしとは別に想ってる人がいて。

　一方通行に矢印が向いてる状態が続いてる。

＊　＊　＊

　気分が沈んだまま迎えた放課後。

　今日は文化祭での役割を決めるらしく、接客か裏方か選べるみたい。

「湖依ちゃんは可愛いからクラスの看板背負ってるようなものだよねっ」

「そんなそんな。恋桃ちゃんのほうが何倍も可愛いよ」

　文化祭の実行委員の子が、恋桃ちゃんは可愛いから裏方は却下って言ってたし。

　恋桃ちゃんは可愛いうえに、愛嬌もあって明るいから接
客にぴったりだなぁ。

　わたしは裏方がいいから、実行委員の子に頼んでみよう
かな。

　ちょうど今から女の子たちのメイド服のサイズを決める
ために採寸するみたいだし。

「あの、わたし裏方希望でお願いしたくて」

　実行委員の子に相談してみると。

「湖依ちゃんは裏方には回せないかなぁ。可愛いから接客
で売り上げに貢献してもらわないと～！」

　かなり渋ってる反応だから厳しいのかな。

「まあ、いちおう裏方希望ってことにはしておくけど。女
の子はみんなサイズ測るようにしてもらってるから！」

　放課後は文化祭のことで居残りする子が増えた。

　接客をする子は、当日まで仕事がないからほとんど帰っ
てるけど、裏方の子たちがクラス内の装飾とか看板を作っ
たりしてる。

　いいなぁ……わたしも看板作りたい。

　細かい作業とか好きだから、できればこっちの作業に回
してほしかったなぁ……。

　当日は裏方にしてもらえるといいんだけど。

　教室にいてもすることがないので帰ろうとしたら。

「あ、湖依ちゃんいた。まだ帰ってなくてよかったー」

　廊下のほうから呑気に手を振ってる天音くんがいた。

　いま人がいつもより少ないからよかったけど。

　もし女の子がたくさん残ってたら騒ぎになってたよ。

「な、なんでしょう」

「えー、その反応は冷たくない？　湖依ちゃんと話したくて来たのにさ」

　このままここにいると変に目立っちゃいそうだから廊下に出て話すことにした。

「本題に入る前にさ、湖依ちゃんのクラスは文化祭で何やるの？」

「メイド喫茶らしいです」

「へー。自分のクラスなのにあんま興味なさそうだね」

　正直、今は文化祭どころじゃないし。

　それよりも——。

「末紘のことで頭いっぱい？」

「っ……」

　思考ぜんぶ読まれちゃったのかと思ったくらいドンピシャに言い当てられた。

「図星かー。相変わらずわかりやすいね。まあ、わかりやすいのは湖依ちゃんだけじゃないけど」

　ははっと軽く笑ってる様子から、いったい何を話しに来たんだろう。

「俺がここに来てるってことは、なんの話か予想はつくよね？」

「末紘くんのこと……ですか」

「ピンポーン。ふたりとも今うまくいってないでしょ？湖依ちゃんはあからさまに落ち込んで元気なさそうだし。

未紘とケンカした？」

「ケンカっていうか……。天音くんが教えてくれた未紘くんの想ってる子のことが気になって……。自分の気持ちに気づいたけど、伝えられずに空回りしてる……みたいな感じです」

「へぇ、俺の言ったことそんな気にしてるんだ？　なんだか悪いことしちゃったなー」

　そう言ってる割に、全然悪かったって顔してない。

　こういうところが天音くんはつかみにくい。

「いま未紘とうまくいってないんでしょ？　それなら俺にもまだチャンスあるよね」

　天音くんが、わたしの全身を覆うように壁にトンッと軽く手をついた。

　まるでこの場からぜったいに逃がさないって瞳で訴えられてるみたい。

「そんな落ち込んでる湖依ちゃんに俺からひとつだけ」

　スッと顔を近づけられて、耳元でささやかれた。

「今日ね、未紘早退したんだよ」

「なんで、ですか……？」

　話し方的に、たぶんいいことじゃない気がする。

　でも、聞かずにはいられなくて。

　天音くんの次の言葉を待ってると……。

「お見合いさせられるんだよ」

　はっきり聞こえたのに、理解するのに時間がかかった。

　お見合いって、どういうこと……？

　それに、どうして天音くんがそんなこと知ってるの？
「俺の父さんも会社の経営しててさ。未紘の父さんの会社
と絡みあるから、それで聞いたんだよね。未紘がお見合い
するって話。相手は取引先のご令嬢だって。今日ホテルで
会食するらしいよ」
「…………」
「俺たちの世界ではよくあることなんだよね。将来会社を
継ぐのにふさわしい相手を勝手に決められることが」
　耳から入ってくる内容を信じたくなくて、うまく受け止
められない。
「叶わないのに追いかけ続けるのってつらくない？　未紘
を想い続けて今どうしようもなく苦しいなら諦めたらいい
のに。俺なら湖依ちゃんにそんな顔させないよ」
　ゆっくり優しく、大切なものを包み込むみたいに抱きし
められた。
「……俺じゃダメなの？　未紘の代わりだと思って利用し
てくれていいから」
　いつになく真剣で、わたしのことを想って伝えてくれて
ることもすごくわかる……けど。
　未紘くんへの想いが消えない限り、誰かの想いに応える
ことはできない。
「未紘くんの代わりは誰もいないです……っ。それに、利
用するなんて天音くんの想いを踏みにじるようなことでき
ません……」
　好きって感情が芽生えたのも、見つめられて触れられる

だけでドキドキするのも——ぜんぶ未紘くんだから。

　この気持ちはぜったいに揺らがない。

「……ほんと真っ直ぐに気持ち伝えてくれるんだね。湖依ちゃんは押しに弱いところありそうだから。強引に攻めたら断れずに流されるんじゃないかって思ったけど……違ったね。それだけ未紘への想いがたしかなものなんだね」

「でも、どんなに好きって気持ちがあっても叶わないものは叶わない……ので」

　想いがうまく重なれば、誰も悲しくならないのに。

　恋の歯車はうまく噛み合わないから難しい。

「叶うかもしれないよ」

「……え？」

「未紘のことぜったい取られたくないなら、自分から行動すればいいんじゃないの？」

「だって未紘くんには好きな子がいるって、天音くんが言ったんじゃないですか」

「うん、それがちょっとイジワルなこと言いすぎたなって。だからいま湖依ちゃんの背中を押してるんだけど」

「ちょ、ちょっと意味がわからな——」

「ただ、湖依ちゃんには笑顔でいてほしいなって。きっと、それができるのは未紘だけでしょ？」

　もし気持ちを伝えて振られても。

　何も伝えずに、未紘くんが他の誰かを選んで後悔するくらいなら。

「ほら、俺とこんなふうに話してる間に時間はどんどん過

ぎていっちゃうよー？」

　逃げてばかりで、勝手に傷ついても何も進まない。

　自分の気持ちを押し殺すことばかりを優先して、想いを伝えることにおびえてた。

　でも、それで傷ついて苦しんでるなら何も意味がない。

「今ならまだ間に合うと思うよ。想ってることぜんぶ未紘に伝えてきなよ」

　その言葉を聞いて、身体が勝手に動き出してた。

　頭の中で伝えること何もまとまってないのに。

　気づいたら学園を飛び出て駅のほうに向かっていた。

　あっ……でも、わたしホテルの場所知らない。

　慌てて出てきたはいいけど、どうしよう。

　……って思っていたら、手に持っているスマホにメッセージが届いた。

　差出人は天音くんからで、未紘くんがいるホテルの場所の地図を送ってくれた。

　わたし天音くんの気持ちに応えられなかったのに。

　ここまでしてくれる天音くんには"ありがとう"の気持ちでいっぱい。

　だから、わたしも逃げずにちゃんと未紘くんに伝えたい。

　たとえ想いが届かなくても。

　伝えることに意味があるって気づいたから。

＊　＊　＊

　電車を乗り継いでホテルの近くに着いた。

　ちらほら人が歩いてる中で、未紘くんを探すけど見当たらない。

　もう遅かった……かな。

　ホテルの中に入っていたら探すのは無理だろうし。

　それに、いきなり行って会えるわけ──。

「あ、うそ……っ」

　ほんとに偶然。

　少し遠めに車から降りてくる未紘くんを見つけた。

　たぶんほぼ何も考えてなかった。

「未紘くん……っ！」

　大きな声で叫ぶと、未紘くんが目を見開いてびっくりした顔をしてる。

「まって……っ、行かないで……！」

　人目なんて気にしないで、小走りで駆け寄って未紘くんにギュッと抱きついた。

　いきなりだったのに、未紘くんはちゃんと受け止めてくれた。

「……どーしたの、そんな慌てて」

　パッと顔をあげると、スーツを着て髪もしっかりセットされた未紘くんが瞳に映る。

　少し前にパーティーに参加したときと同じで雰囲気が落ち着いてる。

　普段の未紘くんとはまた違う大人っぽさに胸がドキッと高鳴る。

……って、見惚れてる場合じゃなくて。

「末紘くんに伝えたいことがあって」

　伝えるって決めたのに、頭の中はぐちゃぐちゃでまとまってない。

　でも、ここで伝えなきゃ……末紘くんの気持ちはずっと離れたままになっちゃうから。

　スゥッと息を吸い込んで、気持ちを落ち着かせて。

　ちゃんと……声にして言わなきゃ。

「末紘くんのこと、すごく……すごく好きなんです……っ」

　ストレートすぎたかな……？

　でも、一度伝えたらうまく止められなくて。

「末紘くんが他の誰かを想っていても諦められなくて。どうしようもないくらい末紘くんでいっぱいで。番だからとか、そういうのぜんぶ抜きにして……わたしは末紘くんのことが好きで、誰にも渡したくないです……っ」

　ほんとはもっときちんとまとめたいのに、感情に任せて言葉が出てくるばかり。

「他の子が知らない末紘くんの素顔──ぜんぶわたしだけが独占したいって思うくらい末紘くんのことだいすきで。できることならこれから先もずっと末紘くんのそばにいたいです……っ」

　ぜんぶ言いきった瞬間──グッと腕を引かれて、ふわっと優しいキスが唇に落ちてきた。

　な、なんでキス……？

　一瞬、何が起きてるのか理解できなくて……でも触れて

る唇がこれでもかってくらい優しい。

　少ししてから惜しむようにゆっくり離れて。

「……何この可愛い告白」

「へ……？」

「俺の心臓おかしくなりそう」

　なんでか未紘くんはすごくうれしそう。

　勢いで伝えちゃったけど、ちゃんと気持ち伝わった……のかな。

「湖依の気持ち……やっと聞けた」

「天音くんに今日未紘くんがお見合いするって聞いて、どうしてもいま伝えないとって……」

「……お見合い？　そんな予定ないけど」

「え？　だって今からお見合いに行くんじゃ……」

「奏波の父さんが知り合いの令嬢を俺に紹介したがってるから、それ断るために俺の父さんと奏波の父さんと3人で会食するだけだから」

　え、えっ？　ちょっと待って。

　頭の中プチパニック状態。

　じゃあ、天音くんが言ってたことは嘘なの？

　えぇ……それじゃ、わたしが勘違いして勢いで告白しちゃったってこと？

　うぅ……完全に天音くんに騙された……。

　すると未紘くんがわたしを連れて車の中に乗り込んだ。

　あれ、今から天音くんのお父さんたちと会食なんじゃ。

「未紘様、どうされましたか。もう少しで天音様との会食

のお時間が……」

　運転手さんも急なことにびっくりしてる。

「すぐに予定キャンセルして。父さんにはどうしても外せ
ない予定が入ったって伝えておいて」

　なんて無茶(むちゃ)なことを言いだして、運転手さんは困惑(こんわく)しな
がらも未紘くんに言われた通りにしてる。

「あと今すぐ車出して。早く湖依とふたりになりたいから」

　運転手さんに行き先を告げて、どうやら寮に帰るみたい。

　車に乗ってる間、手はつながれたままずっと未紘くんの
体温をそばで感じてる。

　車に揺られること20分くらいで学園の寮に着いた。

　部屋に入って、未紘くんがソファにストンッと座った。

「……ん、湖依もおいで」

　つながれたままの手をグイグイ引っ張ってくるので、未
紘くんが座る隣に腰を下ろそうとしたら。

「違うでしょ。湖依はこっち」

「きゃ……っ」

　座ってる未紘くんの上に乗せられて、少し上からわたし
が見下ろすような体勢になっちゃった。

「はぁぁぁ……こーやって湖依に触れるの久々だね」

　わたしの胸のあたりに顔を埋めて、ギュッと抱きついて
きてる。

「うっ……あんまり心臓に顔近づけちゃダメ……です」

「……心臓の音すごいから?」

「うぬ……わかってるなら離れてほしいです……っ」

「俺が湖依に触れたいから却下」

　こうして久しぶりに末紘くんに触れられるのもドキドキしちゃうし。

　それに、すごく今さらだけどわたし勢いで告白しちゃったわけで。

　てっきり振られると思っていたから、今こうして一緒にいるのが想定外すぎて頭も心臓も追いついてない状態。

　それに……なんでさっきキスしたんだろう。

　告白の返事も聞けてないし。

「あの……えっと、わたしさっき末紘くんに告白して……」

「うん、したね」

「それで、返事を何も聞いてなくて……」

「うん、してないね」

「やっぱり振られちゃうってこと……ですよね」

　こんなこと聞くの厚かましかったかな。

　末紘くんも呆れた顔して——あれ、してない……？

　むしろ愉しそうに笑ってるような。

「……そんなことしないよ。湖依にはずっと俺のそばにいてもらいたいし」

「それはメイドとしてですか？」

「違う。湖依のことひとりの女の子として愛おしくて手放したくないから」

「へ……っ？」

「俺の心は湖依だけのものだよ。他の誰も視界に入らないくらい——俺は湖依のことしか見てない」

　そんなこと言われたら、わたし単純だからすごく期待しちゃう。

　未紘くんもわたしと同じ気持ちなのかもって。

「さっき伝えてくれた気持ちに迷いがないなら、湖依が俺の彼女（かのじょ）になってくれるってことでしょ？」

「わたしが未紘くんの彼女になっていいんですか……？」

「湖依しか彼女にする気ないよ」

　まさかこんな答えが返ってくるなんて思ってなくて、うまく受け止められない。

　大してそんなに気持ちなんてないけど、なんとなく彼女にしてあげるみたいな感じの可能性もあるんじゃ。

　疑（うたが）いだしたらキリがないのはわかってるけど。

　あまりにあっさり彼女って単語が未紘くんの口から出てくるから。

　それに解決してないモヤモヤもたくさんあるし。

「だって、未紘くん今までそんなことひと言も……」

「湖依の気持ちが追いつくまで待ちたかったって言ったら言い訳っぽくなる？」

「え……？」

「俺たちが最初に出会った頃は、こうして一緒にいるのは運命の番だからって理由しかなかったし。お互い出会うことがなかったら違う人と結ばれてたかもしれないでしょ」

　それはたしかにそうで……逆に番同士で結ばれる確率のほうがずっと低いはず。

「いくら抗えない運命的なものだって言われても、番だか

らって必ずしも結ばれるとは限らないものだし。最初に湖
依が運命の番だってわかったとき、ただ本能が湖依を求め
てるだけで、俺の気持ちはあんまカンケーないのかと思っ
てたけど」

「…………」

「俺はずっと前から湖依の魅力に惹かれてたよ」

「え……えっ」

「ただ、湖依が恋愛に鈍感だったし。番だからとかメイド
だから俺のそばにいるんじゃなくて、湖依が俺のこと好き
になってそばにいたいって思ってもらえるまで待ちたい
なって」

　付け加えて「まあ、湖依の気持ちが追いつくまで俺が我
慢できなかった部分たくさんあるけど」って。

「きっかけは運命の番だからって理由だったけど。今は番
だからとかメイドだからとか──そういうのぜんぶ抜きに
して、湖依のそばにいたいって強く想ってるよ」

「っ……」

「少し触れただけで顔真っ赤にして見つめてくる可愛いと
ころも、俺だけに見せてくれるとびきり甘い素顔も──
ぜんぶたまらなく愛おしいよ。ここまで誰かに夢中になっ
たのは湖依が初めて」

　サイドを流れる髪を耳にかけられて、スローモーション
みたいに優しく唇が重なる。

　軽く触れただけなのに、胸のあたりがキュウッと縮まっ
てドキドキがさらに加速するばかり。

「湖依の内面的な部分にもたくさん惹かれた。他人に優し
くて思いやりがあって。困ってる人を放っておけない心が
すごく綺麗な子なんだなって。いつも一生懸命だし、俺の
こと気遣ってくれて。俺には持ってないものをたくさん
持ってる湖依の魅力に深くはまってた」

「そ、そんな……っ」

　あらためてストレートに伝えてもらえて、うれしくて涙
が出てきちゃうし、未紘くんがそんなふうにわたしのこと
を見ていてくれたなんて。

「俺が触れるたびに見せてくれる可愛い反応も、可愛い声
も──ぜんぶ俺だけのものにしたくてたまらない。他の誰
にも渡したくない。俺だけが湖依を独占して、湖依も俺だ
けを欲しがってくれたらいいのにってずっと思ってたよ」

「ほ、ほんとにほんと……ですか……っ？」

　気づいたら視界が涙でいっぱいになってる。

　それに声も少し震えてる。

「ほんとだって。そんな疑う？」

「だって、未紘くんには忘れられないずっと好きな人がい
るって……」

「好きな人？　何その話」

「前に寝ぼけて〝はな〟って呼んでたのを聞いて。天音く
んにそのことを尋ねてみたら、未紘くんがずっと忘れられ
ない、かけがえのない存在だよって言われてしまって」

「あー……俺寝ぼけて花の名前呼んでたんだ」

　ちょっと都合の悪そうな顔してるから、聞かれたくな

かったことなのかな。

「やっぱり忘れられない人なんですか？」

「んー……。いや、それ犬の名前」

「犬……？　え、えっ？」

「昔飼ってた犬が花って名前だったから」

「えぇ……そ、そんなぁ……。わたしずっと悩んでて」

　だって、天音くんすごく大げさな感じで言ってたのに。

　わたしそれでたくさんモヤモヤして。

　そんなオチありですか……。

「奏波にうまいこと言われたんでしょ？　アイツそういうの得意だし」

　思い返してみると天音くんと話をしたとき、花ちゃんが人間の女の子なんてことは言ってなかったような。

　わたしが花ちゃん＝未紘くんが好きだった女の子って勝手に思い込んで先走っちゃったのがいけなかったかも。

「未紘くんが誰を想ってるかわからなくて不安ばっかりだったので、言われたことぜんぶ鵜呑みにしちゃって」

「湖依はもっと人を疑って警戒したほうがいーよ。俺以外の男はとくに危機感持って接してもらわないと、この先も心配が絶えないし」

「うっ……今後は気をつけます」

「まあ、そんなとこも可愛いから守ってあげたくなるけど」

　愛おしそうな瞳をして、やわらかく笑いながらまた唇にキスが落ちてきた。

　これって想いが通じ合ったってこと……？

　でも、未紘くんからはっきりした言葉……"好き"って２文字を聞いてない。

「ってか、俺も結構ショック受けてたよ」

「なんで、ですか？」

「湖依が俺に隠れて抑制剤飲んでたから。飲んでる理由聞いても教えてくれないし。俺とキスするの嫌になったからだと思うでしょ」

「そ、それは……っ、未紘くんに対する好きって気持ちが大きくなって発情が抑えられなくて。それを隠すために飲んでただけ、です」

「それならそう言ってくれたらよかったのに」

「そんな勇気ないです」

「さっきあんな勢いで告白してくれたのに？」

「あれは、その……っ」

「ってか、湖依は俺のこと好きなんでしょ？」

「み、未紘くんは……っ？」

　わたしが伝えてばかりで、肝心の未紘くんの気持ち聞かせてもらえてない。

「言わせてみなよ」

　フッと口角をあげて余裕の笑みを浮かべてる。

　未紘くんが一枚うわてなのは変わらない。

　でも、わたしだって——。

「す、好きって言ってくれなきゃ、やです……っ」

　恥ずかしさを誤魔化すために、少し唇をとがらせて未紘くんのに重ねた。

「あー……なに今の……可愛すぎて無理」

「ふぇ……んんっ」

　唇を離そうとしたら、さらにグッと押しつけられて離れることを許してくれない。

　少しの間、ただ触れてるだけ。

　苦しくなってちょっと唇をずらそうとしたら。

「……ほら、苦しいときはどうするんだっけ？」

「ふ……ぅ」

　唇を軽く吸われて、わずかに舌でペロッと舐められて。

　ゆるんだ口から冷たい空気を取り込むと。

　熱も入り込んできて、口の中をかき乱されて甘さに痺れちゃいそう。

　それに身体の奥がジンッと熱い。

　分散しないまま、身体にどんどんたまって……もどかしくなってくる。

「はぁ……っ、湖依が可愛い声出すから俺も身体熱くなってきた」

　ソファに押し倒されて、真上に覆いかぶさる未紘くんの瞳はすごく熱を持ってる。

　余裕のなさそうな顔をしてネクタイをゆるめながら、貪るように唇を求めて止まらない。

「……どんだけキスしても足りない」

「んっ……」

「理性とかほんとあてにならないよね」

　お互い求め合って、こんなにたくさんキスしてるのに身

体の熱が引いていかない。

　むしろ、もっと欲しくなって熱がグーンとあがっていくばかり。

「発情してんの治まんないね」

「熱くて……苦しい……です」

「んじゃ、もっとしてあげる」

　深くキスされたまま、未紘くんの器用な手先が服の中に滑り込んできた。

「やっ……まって……っ」

「……身体こんな反応してんのに止まっていーの？」

　肌に直接触れられただけなのに、おかしいくらい身体がビクッと跳ねて。

　キスされながら身体に触れられると、一気にきもちよさが襲いかかってきて頭がクラクラする……っ。

「ほんとにもう限界……です」

　身体が火照って、苦しくて、意識がぜんぶ飛んじゃいそうなくらい刺激が強くて耐えられない。

「……いーよ、俺にぜんぶあずけて」

　深く求めて求められて。キスの応酬。

　頭の芯から溶けちゃいそうなくらい甘いキスに溺れて堕ちそうになる寸前——。

「……好きだよ、湖依」

　甘い刺激と一緒に意識がプツリと飛んだ。

＊　＊　＊

　　——翌朝。

　気づいたら眠りに落ちていて、温もりを感じながらきもちよく寝ていたんだけど。

　あれ……なんかちょっと苦しい。

　唇に何かやわらかいものが押しつけられていて、塞がれてる……？

　眠っていた意識が徐々に戻ってきて、薄っすら目を開けると。

　未紘くんのドアップが視界に飛び込んできた。

　びっくりして目をパチクリ。

「……やっと起きた。ほら甘い声聞かせてよ」

「んんっ……」

「キスしても全然起きないから」

　目が覚めたばかりなのに。

　キスがどんどん深くなって、もっとって求めてくるから。

　このまま流されちゃったら、未紘くんが満足するまでぜったい離してもらえない。

　迫ってくる未紘くんをなんとか押し返してキスを止めないと。

「まだ朝です……っ」

「いーじゃん。どんだけ触れても足りないんだから」

　人差し指で唇のところにバッテンを作ってかわそうとしても。

「そんな可愛いことして俺のこと見つめて。もっと湖依の唇食べていいってこと？」

　あっさりその手をベッドに押さえつけられちゃう。

「な、なんでそうなっちゃうんですか……っ！」

「湖依は何してもかわいーから」

　慌てるわたしをよそに、またさらっと唇を奪って繰り返しキスが落ちてくる。

「俺まだ全然満足してないから。可愛い湖依で満たして」

　ひぃ……これは完全に未紘くんの危険スイッチが入っちゃったような。

「ご主人様の言うことはぜったいでしょ」

「こういうときだけ使うのずるいです」

「……あ、ご主人様じゃなくて彼氏でいーよね？」

「っ……！」

　彼氏になった未紘くんは、さらにとても甘くなりそうな予感です。

☆
☆
☆
☆

第 5 章

甘くて欲しがりな未紘くん。

「未紘くん、もう朝なので起きなきゃ遅刻しちゃいます」

「ん……湖依とキスしたら起きる」

「さっきからずっとしてます……！」

「全然足りないし。……ほらもっとすごいのしよ」

　付き合い始めてからの未紘くんは毎日こんな調子で。

　寮にいるときは常にベッタリ抱きつかれて、隙をついてキスされたり。

　毎朝ベッドから未紘くんを連れ出すのがひと苦労で、なかなか起きてくれないからとっても大変。

　あれ、でも付き合う前からもこんな感じだったっけ。

　ようやくベッドから出てくれても、わたしに引っ付いてるだけで準備を全然進めてくれません。

「早く着替えなきゃ遅れちゃいます！」

「遅れたらいーじゃん。ってか、湖依不足病だから休みたい」

「そんな病気ないです！」

「可愛い湖依がたくさんキスしてくれたら治るよ」

「うぬ……却下です。授業をサボるのはよくないので、ちゃんと準備して行かなきゃです」

　こんなやり取りを繰り返してる間も、時計の針はどんどん進んでる。

「んじゃ、湖依がやって」

「甘えちゃダメですよ」

　それに、わたしが手伝うとぜったいどこかで邪魔してく
るから。
「いーじゃん。ご主人様の言うことは聞かなきゃダメで
しょ？」
「うっ……」
「ね、メイドさん？」
　勝ち誇ったような顔をして、結局いつもどおり着替えを
手伝うことに。
「あわわっ、いきなり脱がないでください……！」
「湖依が早くしろって言うから」
「だからって急に脱いじゃダメです！」
　いきなり目の前で上をバサッと脱がれたら、誰だって動
揺しちゃうし目のやり場にすごく困る。
　意識しないように、ただブラウスを着せてネクタイを結
んであげるだけ。
　……なんだけど。
　イジワルな未紘くんが、まさかおとなしくしてくれるわ
けもなく。
「ねー、湖依」
「な、なんでしょう」
「どうして俺のほう見てくれないの？」
「い、今ボタン留めるのに集中してるので」
　顔をあげると、ぜったいキスされちゃうからひたすら下
を向いてる。
　未紘くんは、これが気に入らない様子。

　黙々とボタンを留めて、あとはネクタイを結ぶだけなんだけれど。

　ネクタイを襟元に通さなきゃいけない。

　パッと顔をあげた瞬間。

「……やっとこっち見た」

　待ってたと言わんばかりに甘いキスが落ちてきた。

　さらっと唇を奪われて身動きが取れないまま。

「俺はずっと湖依が欲しいのに」

「んっ……や、ダメ……っ」

「湖依は欲しくないの？」

　腰のあたりに手を回されて、身体を密着させられてるから逃げ場がなくて。

「それか……欲しくなるまでドロドロに甘やかしてあげよーか」

　触れてる唇がわずかに動いて、誘うようにチュッと吸ったり。

　やわらかい感触が押しつけられて、このままだと甘いキスに流されちゃう……っ。

「ぅ……っ、遅刻……しちゃいます……っ」

　残ってるわずかな力で未紘くんの身体を押し返すと。

「そんなにガッコー行きたい？」

　顔がすごく不満そう。

　唇も触れたまま、近い距離で見つめられてすごく恥ずかしい。

「俺はこのままずっと湖依に触れたいけど」

「もうたくさん触れてます……よ」

　昨日の夜だって、未紘くんが満足するまで甘いことしたのに。

　朝起きてからも、未紘くんの暴走が止まらないから困っちゃう。

「んじゃ、早くネクタイ結んで。ちゃんとできたらガッコー行ってもいいよ」

　ちょっとだけキスが止まって、続きでネクタイを結ぼうとするけど。

　さっきのキスのせいで、指先にも身体にもうまく力が入らない。

　いつもより苦戦しながらも、あとは最後にキュッと締めるだけになった。

「……まさかこれで終わるわけないよね」

　イジワルなささやきが耳元で聞こえて。

　下からすくいあげるように唇を塞がれた。

「あー……あとちょっとだったのに」

「んんっ……」

　とっさにキスされた反動で、ネクタイを強く握って形が崩れちゃった。

「……せっかくうまくいってたのにね」

「ぅ……邪魔するの、ずるい……です」

「キスしただけでしょ。ほら、続きしなくていーの？」

　そうやってうながしてくるのに、さっきよりもとびきり甘いキスで攻めてくる未紘くんは、やっぱりずるい。

「もっと欲しくなってきた？」

　口の中に熱がグッと深く入り込んでかき乱して。

　キスが甘くて何も考えられなくなっちゃう。

「身体ほとんど力入ってないね」

「……っ」

「満足するまで甘いことしよーか」

　結局、この日はホームルームが始まるギリギリの時間に教室に滑り込んだ。

＊　＊　＊

　そして、また別の日のお昼休み。

　いつもどおり未紘くんのクラスまで迎えに行くと。

「はぁぁぁ……昼休みしか湖依に会えないとか無理なんだけど」

　わたしの顔を見て早々、いきなり抱きつかれて身動きが取れません。

　未紘くんは抱きつき癖がすごいような。

「授業が終わったら寮でずっと一緒ですよ？」

「んー……俺は片時も湖依を離したくないの、わかる？」

「えぇっと、それはクラスが違うので難しいかと」

「はぁ……我慢できないから今すぐキスしていい？」

「っ!?　ダメですダメです!!　ここ教室の前ですよ!?」

　さらっと唇を近づけてこようとするから、全力でブロックすると。

「んじゃ、早くふたりっきりになれるとこ行こ」

　こうして、ふたりでいつものようにお昼を食べることになったんだけれど。

「もう無理、湖依に触れないと死ぬ」

「まってください、お昼ごはんが先です……！」

　ソファに座った途端いきなり迫ってきたから押し返すと、未紘くんはムッとした顔をしてる。

「俺が死んでもいーんだ？」

「そういうわけじゃなくて……！」

「もう限界だから俺の言うこと聞いて」

　熱っぽい瞳がすごく欲しそうに見てくる。

　うっ……流されちゃダメなのに。

「……身体が湖依のこと欲しがってんの」

「朝もたくさんキスしましたよ……っ」

「どれだけしても足りない。……可愛い湖依が悪いんだよ」

　ゆっくりソファに押し倒されて、片方の手をギュッと握られて。

「……ほら、俺のこと満足させて」

　上から甘いキスが降ってきて、全身がピリッと痺れちゃいそう。

　未紘くんのキスは、一度されたらずっと欲しくなる中毒性みたいなのがあって。

　それはきっと、わたしが未紘くんのことだいすきだからなんだけど。

「……ほんと可愛い顔するね」

「んぅ……」

「俺しか知らないもんね。湖依がこんな感じてんの」

　少し唇を離して、触れそうで触れない……絶妙な距離で目線が絡んでる。

「もっとさ……愉しいことしよ」

　最後にチュッと軽く吸い付くようなキスをして、未紘くんの指先がわたしの首元に触れる。

「え、あっ……リボン」

「脱がすのに邪魔でしょ」

　制服のリボンがシュルッとほどかれて、ひらひらソファの上に落ちた。

「あのっ、今から何を」

「湖依の身体にたくさん甘いことすんの」

　ブラウスのボタンを上からぜんぶ外されちゃって、手で隠そうとしても未紘くんが阻止してくる。

「白くてやわらかい肌いーね」

　お腹のあたりを指でツーッとなぞって、肩とか首筋にキスが落ちてくる。

「……たくさん触れたくなる」

　抵抗したいのに未紘くんに触れられるところぜんぶ熱くて力が抜けていっちゃう。

　このままじゃ甘い熱に流されて身体が言うこと聞かなくなるから。

「と、止まってくれなきゃダメ……です」

「なんで？」

「もうすぐお昼休み終わっちゃう……ので」

　この言葉がきいたのか急にピタッと動きを止めて、首元に埋めていた顔をあげた。

　止まってくれた……のかな。

　お互いじっと見つめ合って数秒。

「……そんなこと気にしてられる余裕あるんだ?」

「え……っ?」

「なら俺も手加減しない」

　スカートが少し捲くられて、中に未紘くんの手が入り込んできた。

「ここ触られるの好きでしょ」

　太ももの内側を手のひらで撫でて、さらに奥に攻めてこようとしてる。

　それに、未紘くんはわたしが欲しがるように引き込んでいくのが上手だから。

「ほら、ここもきもちいいもんね」

「やっ……そんな強くしちゃ……ぅ……っ」

「俺に触れられてるときは、俺のことだけ考えてればいーの。他のことなんか考える必要ないでしょ」

　不満そうで、ちょっと拗ねて怒ってるみたいで。

「今は俺に集中して」

　キスされて身体にまで触れられて。

　もう頭の中ぜんぶ未紘くんのことしか考えられなくなっちゃうくらい……甘い刺激ばっかり。

「ほら……湖依も欲しくなってきたでしょ?」

　熱い吐息が耳元にかかって、身体がゾクゾクしてる。

　これ以上はダメ……だから。

　首をフルフル横に振ると。

「もう何も考えられないって顔してんのに？」

「ぅ……そんなこと……っ」

　身体の熱が一気にグーンとあがって、身体の奥がずっと熱い。

　本能的に抗えなくなってきてる。

「ご主人様が欲しがってるんだから──ちゃんと言うこと聞いてよメイドさん」

＊　＊　＊

　欲しがりな未紘くんは寮に帰ってからも変わらずで。

「ねー、メイドさん。俺の相手する時間はまだですかー？」

「うっ……そこ引っ張っちゃダメです！」

　構ってほしい未紘くんが、さっきからメイド服のスカートの裾をちょこちょこ引っ張ってきます。

「いつになったら俺の相手してくれんの？」

　キッチンで食器を洗っていたら、背後に未紘くんが立ってギュッてしてきた。

「い、いろいろやることがあって忙しいのです」

「寮に帰ってきてからメイドの仕事ばっかりじゃん」

　わたしの肩の上に顎をコツンと乗せて、腰からお腹のあたりにかけて手を回して離れてくれない。

「口がすごく寂しいんだけど」

「えっと、それはどうしてあげたら……」

「湖依の可愛い唇で塞いでよ」

「へ……!?　そ、それは無理です……！」

　動揺して食器が手から滑り落ちちゃうところだった。

「そんな拒否しなくてもいーじゃん。いつもたくさんキスしてんだから」

「キスは何回しても慣れないものです」

　いまだに唇がちょっと触れただけで、すごく恥ずかしくてドキドキしちゃう。

　息をするタイミングも自分じゃわからなくて、いつも未紘くんにリードしてもらってばかり。

「んじゃ、今のうちに慣れる練習しないとでしょ」

　何かと理由をつけてすぐキスしてこようとするから、わたしの心臓は毎日とても大忙しです。

「こっち向いてよ」

「今は向けないです」

　プイッと未紘くんのほうを見ないようにしたら。

「へぇ……じゃあ、俺も好きにするからいーよ」

　そんなこと言うから拗ねてどこか行っちゃうのかと思いきや。

　身体を密着させたまま、首筋にかかる髪をスッとどかされて。

「ひゃっ……な、なんですか」

「ん……いーよ、俺のことは気にしなくて」

　後ろから首元に吸い付くようなキスを何度も落として、たまにチクッと痛い。

　気にしないように意識をそらそうとしても、未紘くんがわざと弱いところを攻めてくる。

　それに後ろからだっていうのに、器用な手が身体に触れてうまいこと中に入り込んでくるから。

「うっ、や……服の中はダメ、です」

「湖依が俺の相手してくれないから」

　食器洗いどころじゃなくなって、手に力が全然入らない。

　ボーッとする意識の中で、少し遠くから軽快^{けいかい}な音楽が聞こえてくる。

「お風呂……っ」

「一緒に入りたい？」

「ち、ちが……んっ」

　身体をくるっと回されて、あっという間に唇を塞がれて。

　未紘くんの身体を手で押し返すけど、びくともしない。

　このままじゃ、ずっとキスされちゃう。

「お風呂……未紘くんが先に入ってください」

　ちょっと唇をずらして、なんとか伝えても。

「湖依が一緒じゃないと嫌だって言ったら？」

「すごく困ります」

「いーじゃん、このままぜんぶ脱がしてあげるから」

「よ、よくないです……！　残りの食器を片づけて他にもやることあるので」

　ぜったいダメですってキリッと睨むと。

「そんなかわいー顔しても逆効果なのにね」

　ものすごく渋々だったけど、なんとかお風呂に行ってくれた。

＊　＊　＊

　未紘くんが出たあと、わたしも1時間弱くらいお風呂に入っていた。

　お風呂から出て、いつもどおり身体にバスタオルを巻きつける。

「ふぅ……」

　長く入っていたせいもあって、ちょっとのぼせたかなぁ。

　顔がポカポカしてる。

　頬を両手で包み込むように触れると、やっぱり熱い。

　身体の熱を少し冷ましてから服を着ようかな。

　……って、呑気なことを考えてると。

　なんの前触れもなく脱衣所の扉が開いた。

「へっ……な、なんで未紘くんが……っ」

　脱衣場の鍵かけ忘れちゃった……!?

　というか、なんで未紘くんフツーに開けて入ってきてるの……!?

　びっくりした反動で肩に力が入って、とっさに未紘くんに背中を向ける。

「あ、あの……わたしまだ着替えてないので。早く出ていってほしい、です」

　すぐに出ていってくれると思ったのに。

　ふと背後に未紘くんの気配がして。

「……いーね、その格好。すごい興奮する」

　危険なささやきが耳元で聞こえて、背中をツーッと軽く指先でなぞってくる。

　こ、こんな姿見られるの、恥ずかしくて顔から火が出ちゃいそう……っ。

「もうメイドの仕事は終わったでしょ？」

　背中に未紘くんの唇があたって、舌で軽く舐められてくすぐったい。

「だったら今は俺と愉しいことする時間ね」

　"愉しいこと"なんて、何かよからぬことを企んでる……っ。

　逃げ場を奪うように後ろからがっちり抱きしめられて、少しずつ甘く攻めてきてる。

「肌いつもより火照ってんね」

「ぅ……っ」

「……甘い匂いもたまんない」

　お風呂から出たばかりで熱くてクラクラするのに。

　未紘くんが触れてくるせいで、さらに熱があがってボーッとする。

「もう、ほんとにダメ……っ、です」

「俺まだ全然満足してないけど」

　お腹のあたりにある未紘くんの手が上にあがってきて。

「もっと可愛い反応見せてよ」

　バスタオルと肌の隙間から中に指を入れようとしてる。

「ま、まっ……ひゃ……」

「肌に直接触れられるのきもちいいでしょ?」

「っ……」

「身体は正直だもんね。すごい反応してる」

　首筋や背中に落ちてくるキスも、触れる手も止まってくれない。

　身体の奥が熱くなってきて、自分をうまく保てなくなっちゃう……。

　息もあがってきて、ちょっと苦しい。

　未紘くんにキスしてもらわないと、ずっと発情したままもどかしさがつのっていくばかり。

「ほら、湖依見て」

「ふぇ……っ」

　顎をクイッとつかまれて、真っ正面を向かされて。

「いつも俺に触れられてさ、こんな可愛い顔してんの」

　脱衣所の大きな鏡に、真っ赤な自分の顔が映ってる。

「やっ……だ」

「ダーメ、ちゃんと見て。俺に触れられて感じてるとこ」

「は、恥ずかしいです……っ」

　耐えられなくて、ギュッと目をつぶると。

「目つぶっちゃダメ。俺の言うこと聞けないなら、触れるのやめてキスもしないよ」

　ぜんぶの刺激がピタッと止まると、さらにもどかしくなって身体の奥がうずいてる。

「さっき首元につけた痕も綺麗に残ってんね」

　ぼんやりする意識の中で、首元にいくつか紅い痕が残ってるのが見える。

「湖依のぜんぶ俺のって痕ちゃんと残したから」

「これじゃ服で隠せないです……っ」

「隠さなくていーでしょ。周りに見せるためにつけてんだから」

　言ってるそばから、また絶妙なところにキスを落として強く吸うから。

　もっと真っ赤な痕が増えちゃう。

「ほら、もう身体熱いでしょ？」

「っ……」

「ねぇ、もっと欲しいってねだって」

　できないって首をフルフル横に振っても、末紘くんは逃がしてくれないし刺激を止めてくれない。

「湖依が可愛くおねだりして」

「ま、まってください。手がダメ……っ」

　バスタオルをうまくすり抜けて、肌に直接触れてくる手がすごくイジワルで。

「こんな無防備な姿見たら抑えなんかきかないよね」

　お腹のあたりを大きく撫でて、その手が上にこようとしてるから必死に手で押さえるけど。

「ほら、俺の身体こんな熱くなってるの」

　ピタッと末紘くんの身体に触れると、シャツ越しだけど熱くなってるのがわかる。

「俺も湖依のこと欲しくてたまんない」

「っ……」

　刺激的で危険な未紘くんに迫られたら。

「……やば。抑えらんない……もっと」

「んんぅ……」

　どんどん甘さに溺れて抜け出せなくなっちゃう。

ねだって欲しがって。

　季節は本格的な秋を迎えた11月上旬。

　気づけば3日後に学園の文化祭が控えてる。

　学園内は文化祭ムードで、放課後はどこのクラスの生徒も残って準備をしてる。

　おもに一般クラスの生徒がクラスごとに模擬店や出し物をして、未紘くんたちがいるアルファクラスの生徒は特に何もしないみたい。

　当日は校内を回って自由に過ごせるけど、未紘くんは文化祭とかあんまり興味ないかな。

「ねー、湖依のクラスって文化祭何やるの？」

「メイド喫茶です」

「……は？」

　未紘くんがピシッと固まって、ありえないんだけどって顔をしてる。

「……まさかメイド服着て接客するとか言わないよね」

「それが、わたしも裏方を希望したんですけど、希望が通らなくて」

　今日あらためて実行委員の子に頼んでみたけど、当日は午前中に接客よろしくねって言われてしまった。

「……いやいや、湖依は俺専属のメイドでしょ？」

「それはそうなんですけど。行事なので今回は仕方のないのかなぁと」

「ぜったい無理、却下」

　ものすごい勢いで拒否されちゃった。

　そんなに嫌なのかな。

「俺以外の男に可愛いとこ見せるとか許せないんだけど」

「で、でもほんとのご主人様は未紘くんだけです！」

「んじゃ、俺の言うこと聞けるでしょ？」

「今回はちょっと難しいかな……と」

　わたしひとりが抜けちゃったらクラスの誰かに迷惑かけちゃうかもだし。

「それなら当日湖依のこと部屋に閉じ込めるけど」

　ひぃ……未紘くん瞳がめちゃくちゃ本気だ。

　冗談かと思うことも、未紘くんが言うとすごく本気に聞こえる。

「……1日中ずっと俺とベッドで過ごすのありだよね」

「それって……」

「もちろん何もしないわけないよね」

　ものすごく危険な笑みを浮かべてる様子から、このままだとわたしの身が危ないような……！

「俺が満足するまでとことん湖依のこと求めて離す気ないけど。あー、そうしたらずっと抱きしめて触れてキスもたくさんできるね」

「わ、わかりました……！　なんとか裏方に回してもらえるようにもう一度頼んでみます！」

　なんだか全力でねじ伏せられちゃったような。

　それに、今回の文化祭すごく楽しみにしてたから回れな

くなっちゃうのは嫌だし。

　タイミングを見計らって、実行委員の子に話すチャンスをうかがってたんだけど。

　なかなかうまく時間を見つけられず……。

＊　＊　＊

　ついに文化祭当日を迎えてしまった。

　ど、どうしよう。

　未紘くんには、なんとか裏方に回せてもらえそうかもなんて言っちゃったから、どうにか今日頼まなきゃ。

　だって、もし断れなかったなんて言ったらほんとに部屋に閉じ込められちゃうだろうし。

　教室に入ると、中はすでに文化祭モード全開。

　えっと、実行委員の子は……。

「あっ、湖依ちゃんいた！　早く着替えないと文化祭始まるよ!?」

　探してたら向こうから声をかけてくれて、断るなら今しかない！

「え、あ、えっとわたし裏方がよくて──」

「ほら着替えのスペースこっちね！　着替え終わったら髪とメイクは別のところでやるから！」

　断る暇もなく、メイド服だけポンッと渡されて着替えのスペースに入れられてしまった。

　そ、そんなぁ……。話す隙まったくなかった……！

　しかも、まだわたし以外に着替える子が残ってるから、早く着替えてねって釘を刺されちゃったし。

　これはいったん着替えるしかないのかな。

　仕方なく用意されたメイド服に袖を通すことに。

　いつも着てるメイド服とは違って、黒のワンピースに真っ白のエプロン。

　でも丈はちょっと短くて、レースが多いかも。

　末紘くんの前では普通にメイド服着てるけど。

　人前で着るってなると、ちょっと恥ずかしいような。

　とりあえず着替え終えて、仕切られているカーテンを開けると。

　教室内にいる子たちが、みんないっせいにこっちを見て一瞬ざわっとした。

「うわ見ろよ。砥水さんめちゃくちゃ可愛いじゃん」

「普段から可愛いなーとは思ってたけど、メイド服着たら可愛さ爆発してんじゃん」

「俺も接客されたいなー」

　ど、どうしよう。似合ってないからこんなに見られてるのかな。

　男の子たちがヒソヒソ何か話しながらこっち見てるし。

　視線がものすごく痛いよ。

　結局、断るチャンスを完全に逃しちゃって。

　メイクも髪型もぜんぶお任せのまま、どんどん進んでいってしまい……。

「唇ちょっととがらせて！」

「は、はいっ」

　クラスメイトの子がメイクをしてくれて、今は仕上げにリップを塗（ぬ）ってくれてる。

「んー！　可愛い！　湖依ちゃんはもとが可愛いからあんまりメイクしなくてもいいね！」

「そんなそんな」

　髪は少し高めの位置でツインテールにしてもらって、リボンを結ってもらった。

　どうしよう……淡々（たんたん）と準備が進んで、もう完全に逃げ場がないような。

　これで未紘くんがここに来ちゃったらアウトだし。

　……で、恐れていたことは起きてしまうもので。

「キャー!!　青凪くんが来てる!!」

「ほんとに!?　えー、もう教室のそばまで来てるのかな!?」

　えっ、うそ。未紘くん来てるの……!?

　廊下にいる女の子たちのざわめきが人一倍大きくなってきてる。

　ど、どうしよう。

　メイドの格好しないって約束したのに破っちゃったし。

　こうなったらどこかに隠れるしか……！

　といっても、隠れられそうな場所もないし。

　ガラッと勢いよく扉が開いて……バチッと未紘くんと目が合ってしまった。

　うっ……まずい。

　わたしを見つけた途端、未紘くんが目を大きく見開いて

固まった。

　もちろん、わたしもバレてしまったのでどうしようって焦るけど固まったまま。

　すると、未紘くんが教室の中に入ってきて。

　何も言わずにわたしの腕を強く引いて抱きしめてきた。

「キャー!!　何あれ!」

「わたしもあんなふうに抱きしめられたいんですけど!」

「砒水さんいいなぁ、羨ましい〜!!」

　あぁ、周りの視線すごいことになってるし、未紘くんぜったい怒ってるよぉ……。

「……誰がそんな可愛い格好していいって許可した?」

「す、すみません。ちゃんと断ったんですけど……」

「注目浴びてんのわかってる?」

「似合ってないから、ですかね」

「はぁぁぁ……湖依さ、お願いだからもっと自分の可愛さ自覚して。男たちみんな湖依のこと見てるし」

　未紘くんすごいため息ついてる。

「俺以外の男の前でそんな可愛い格好して。……どうなるかわかるよね?」

　周りに見せつけるように、唇のほぼ真横にチュッと軽くキスが落ちてきた。

　え、あっ……これ角度的に唇にキスしてるようにも見えちゃうんじゃ……!?

「……このあと、たっぷりお仕置きしてあげるから」

　周りの叫び声……悲鳴のようなものが教室全体から廊下

のほうまで響いた。

* * *

「えっと、勝手に抜け出しちゃって大丈夫でしょうか」
「湖依は文化祭の心配よりも自分の心配したら？」
「……え？」
　未紘くんの言ってることが理解できないまま。
　空き教室に連れ込まれてしまった。
　机の上にストンッと座らせられて、ちょこっと顔をあげると。
「……こんな男誘うような格好して」
　未紘くんが不機嫌そうにムッとした顔をしてる。
「……湖依の可愛いとこは俺だけが知ってればいーのに」
　わたしの唇を指先でなぞってグッと指を押しつけて。
「他の男の目に映したくない。湖依のぜんぶ独占できるのは俺だけでしょ」
　唇だけじゃなくて、頬とか首筋とか撫でるように触れながら肌にキスが落ちてくる。
「そ、そんな触れられると……」
「……発情しちゃう？」
　唇をうまく外して、いろんなところにキスをして。
　少しでも未紘くんに触れられると、心臓がドキドキしてそれが全身に伝わっちゃう。
　与えられる刺激から逃げられなくて、もどかしくなって

くる。

「……もう身体限界？」

　わたしの首筋に顔を埋めながら、髪を結っているリボンをシュルッとほどいた。

　間近で視線がバチッと絡んだ瞬間。

「ほら、簡単に熱くなった」

「……っ、ぅ」

　身体の奥がジンジン熱い。

「今はすぐにキスしてあげないよ」

　顎をクイッとあげられて、グッと未紘くんが近づいて。

　あとちょっとで唇が触れそうな絶妙なところでピタッと動きが止まった。

「あー……電話入った」

　ブーブーッと未紘くんのスマホが鳴ってる。

「……俺が戻るまでいい子にして待ってなよ」

　未紘くんは教室を出ていっちゃった。

　こんな状態でひとりにされるなんて。

　未紘くんにキスしてもらえないから、ずっとこのままなの？

　引いていかない熱に支配されて自分じゃどうすることもできない。

　10分経っても未紘くんは戻ってこない。

　頭の芯から溶けちゃいそうなくらい熱くて、それが全身に伝わってるみたいで。

「はぁ……っ」

熱くて苦しくてもどかしい。

こんな状態が続いたらおかしくなっちゃう……っ。

未紘くんにキスしてもらえないだけで、自分の身体がこんなになっちゃうなんて。

抑制剤飲みたいけど……未紘くんから飲んじゃダメって言われてるし今は持ってない。

意識が飛んじゃいそうな中で、教室の扉がガラッと開く音がした。

未紘くんが戻ってきた……？

悲しいわけじゃないのに、視界には涙がたまってぼんやりしか見えない。

「……まだ発情したままなんだ？」

「うっ……熱くて耐えられない、です……っ」

「こんな瞳うるうるさせて、欲しそうな顔して」

たまった涙を指先で拭ってくれて、両手でわたしの頬を包み込んだ。

「おいで。湖依のほうから抱きついたらキスしてあげる」

もう何も考えられなくて。

言われるがまま、未紘くんの首筋に腕を回してギュッと抱きついた。

「……ほら唇ちょーだい。甘いのしてあげるから」

「んっ……」

やわらかい感触がグッと押しつけられて、全身がドクッと震えるくらいものすごい刺激で……。

その瞬間、熱が一気にパッと分散されて頭がふわふわし

てる。

　唇が少し触れただけなのに、すごくきもちよくてずっと触れたままでいたいって思っちゃう。

　足元からへなへなっと崩れるように、未紘くんにぜんぶをあずけると。

「……きもちよすぎて力入んない？」

　しっかり受け止めてくれて、優しくギュッてしてくれる。

「ちょっと焦らしすぎた？」

「うぅ……未紘くんイジワルです……」

「湖依が俺以外の男を誘惑するような格好してるのが悪いんでしょ」

「誘惑なんてしてない、ですもん」

「湖依はその気なくても、男はそーゆー目で見んの」

　頭をポンポン撫でられて、また唇にキスが落ちてきた。

　少しして身体も落ち着いたので、いったんここの教室から出ることになったんだけど。

「あの、このまま寮に帰っちゃいますか？」

「なんで？」

「えっと、その……未紘くんと一緒に文化祭回りたいなぁと思って」

　こんなわがまま言っちゃダメかな。

　未紘くん文化祭とかあんまり興味ないかもだし。

「わがまま言ってごめんなさい……！　ダメだったらひとりで回ります……！」

「……ダメなわけないじゃん。ってか、それはわがままじゃ

なくて可愛いおねだりでしょ」

「えっと、じゃあ一緒に回ってくれますか？」

「ん、いーよ。彼女のお願い聞くのも彼氏の役目でしょ」

　こうして未紘くんと一緒に文化祭を回ることに。

　はっ……でもわたしすごく大事なこと忘れてた……！

「み、未紘くんどうしましょう……」

「なに、どーしたの」

「わたしクラスのお仕事サボっちゃってる扱いになるん
じゃ……」

　すごく今さらだけど、午前中に接客よろしくねって頼ま
れてたのに。

「あー……もしなんか文句言ってくるやついたら俺がうま
いこと言ってあげるから」

「で、でも……」

「ってか、湖依のその格好どうにかなんないの」

「着替えたいんですけど、制服が教室に置いてあって」

「俺以外の男に見られるの癪なんだけど」

「たぶん人がたくさんいるので、誰もわたしのこと見てな
いと思うんですけど……」

「いやいや、みんな見てるしなんなら狙ってるから」

　そう言うとわたしの肩をギュッと抱きよせて、周りから
守るみたいにしてる未紘くん。

　未紘くんってたまに大げさなところがあったり。

　校舎の外に出ると、人の数も盛りあがり具合もすごいこ
とになってる。

「わぁ、すごい盛りあがってますね！ 去年もこんな感じ
だったんですか？」

「んー……去年は興味なくて部屋で寝てた」

　たしかに未紘くんって、こういう行事ではしゃぐような
タイプじゃないだろうし。

　だとしたら、今も無理して回ってくれてるのかな。

「今年は可愛い彼女と回れるから楽しいけどね」

「っ……！ うっ、今の心臓に悪いです……っ」

　不意打ちでそんなこと言うのずるい。

　天彩学園の文化祭は、外部の人も参加オーケーで、土曜
日に開催してるので在校生を含めて人の数がすごく多い。

　外にある大きなメインステージを通り抜けると、模擬店
がずらっと並んでる。

「うわぁぁ、模擬店いっぱいですね！」

「なんか湖依楽しそうだね」

「もちろんです！ まずは模擬店でいろいろ買いましょ
う！」

　ルンルン気分で未紘くんの手を引いて模擬店でいろいろ
見て回った結果。

「……そんなに食べられる？」

「たくさん買いすぎちゃいました」

　食べるスペースに移動して、今ようやく席を確保できて
食べ始めるところ……なんだけど。

　あれもこれも美味しそうに見えちゃって両手で持てない
くらい買っちゃった。

「湖依がこんなはしゃいでるとこ初めて見たかも」

「わたしこういう文化祭初めてで。すごく楽しみにしてたので、こうして未紘くんと一緒に回れてうれしいです！」

　素直に思ってることを伝えると。

　未紘くんなんでか急に頭を抱えちゃった。

「はぁ……なんで今そんな可愛いこと言うかな」

「……？」

「ここが部屋だったら間違いなく押し倒してキスしてた」

「え、えっ!?　しちゃダメですよ!?」

「はいはい。おとなしくしててあげるから、早く買ってきたやつ食べなよ」

　テーブルに並べられたチュロスやワッフル、クレープやパフェなどなど。

　どれから食べようか迷っちゃうなぁ。

「んっ！　ミニパフェ美味しいですっ」

　フルーツとクリームがたくさんで、お店で販売できちゃいそう。

　パクパク食べ進めてると、未紘くんは頬杖をついてフッと笑ってる。

「唇にクリームついてるよ」

「え、あっ、すぐに拭き——」

「いーよ、そのままじっとしてて」

　真っ正面に座ってる未紘くんがちょっと身体を前に乗り出して。

　わたしの唇の真横スレスレに触れて……クリームをペ

ロッと舐めた。

「ん……甘いね」

「っ！　み、みんな見てます……っ」

「見せつけたんだよ」

　未紘くんってば……！

　おとなしくしてるって言ったのに！

　周りからも「何あれ羨ましい〜！　見せつけられたわ〜」なんて声も聞こえる。

「もう恥ずかしくて文化祭回れないです……」

「唇外してあげたんだからいーでしょ」

「で、でもあれは近すぎです！」

「早く食べないとまたしちゃうけどいーの？」

「ダメです、ダメです……!!」

　お腹が満たされたところで、再び校舎の中に入って各クラスのいろんな出し物を見て回ることに。

「ヨーヨー釣りなんて小学校の頃に行ったお祭り以来です！」

　縁日をやってるクラスがあって、ヨーヨー釣りの他にも簡単な射的とか、わなげとかあったりして。

　最後に教室を出るときにクジを引かせてもらって、当たりが出たら飴玉をもらえるんだけど。

「こんなにたくさんもらえてうれしいです」

「あの男ぜったい湖依が可愛いからってたくさん渡してきたんでしょ」

「そ、そうでしょうか」

「俺なんて３つしかもらえなかったけど」

　たくさんもらえたので、ちょうど近くにいた小さな女の子と男の子にあげちゃった。

　そのあともいろいろ回って、楽しい気分のまま終わりかと思いきや。

「へぇ、お化け屋敷あるじゃん」

　なんと最後にラスボスが登場です……。

　見るからにあんまり近寄りたくない感じというか。

　お化け屋敷じゃなくて、迷路とかだったら楽しめるのになぁ……。

　わたしはこういうの苦手だから入るのはちょっと……って、あれ？

「楽しそうじゃん、入ってみよ」

　未紘くんがすごく乗り気なんですけど……！

「まってください、わたしお化けとか苦手です！」

「高校の文化祭レベルだからそんな怖くないでしょ」

　未紘くんがどうしても入りたいって言うから、怖いなぁと思いながらチャレンジしてみた結果。

「……そんなに怖かった？」

「すごくリアルでしたよぉ……っ」

　情けないことに、お化け屋敷の中で腰を抜かして泣いてしまった。

　だって、いきなり飛び出てくるし、お化け役の人たちみんなおどかすのうますぎるよぉ……。

「うぅ……だからやだって言ったじゃないですかぁ……っ」

「湖依がこんな怖がりだって知らなかったから」

　わたしが泣き止むように背中をポンポン撫でてくれて、落ち着くまでずっとギュッてしてくれてる。

「ってかさ、湖依って泣き顔も可愛いよね」

「そんなことないです……っ」

　未紘くんの胸元をポカポカ叩いて、頬を膨らませてキリッと睨むと。

「そんな顔されたらキスしたくなる」

「っ、ダメです……！」

「んじゃ、寮に帰ったらたくさんしよーね」

　こうして、楽しみにしていた文化祭は無事に幕を閉じました。

可愛くて愛おしい。～未紘side～

「あのっ、未紘くん！　そんなに抱きつかれちゃうと掃除ができないです……！」
「掃除よりもご主人様の相手が優先でしょ」
「それ毎日聞いてます！」
「うん、だから俺の相手だけしたらいーじゃん」
「ドキドキしすぎて身が持たないので……！」
　あーあ、俺の彼女はなんでこんなに可愛いんだろう？
　自分が愛おしくてたまらない子って、何しても可愛く見える現象あるよね。
「まだわたしやることたくさんあるので！　未紘くんはソファに座って待っててください！」
　俺はこんなに湖依に触れたいのに。
　真面目な湖依は、メイドの仕事をぜんぶ終わらせるまで俺の相手はしてくれないみたい。
　何もせずにただ俺のそばにいてくれるだけでいいのに。
　仕方ないから言われた通りソファでおとなしくすることにしたけど。
　メイド服でパタパタ部屋の中を走り回って、一生懸命仕事してる姿めちゃくちゃ可愛い……。
　そもそも湖依の可愛さって異常だと思うんだよね。
　見た目は群を抜いて可愛い。
　ふわっとした髪に、ぱっちりした大きな瞳。

顔なんてものすごく小さいし。

動物で例えるなら真っ白のウサギがぴったり。

小動物みたいで守ってあげたくなるような容姿。

性格は天然でピュア。

男に慣れてないのか恥ずかしがり屋で、反応がいちいち可愛い。

それに加えて優しくて家庭的で思いやりがあるし。

こんな完璧な子ぜったい男が放っておかない。

だから、湖依が他の誰かのものになる前に出会えてよかったなって今でも思ってる。

それに、俺と湖依は本能的に抗えない関係――"運命の番"だから。

運命の番なんて、湖依と出会うまでそんな信じてなかったし興味もなかった。

今まで他人を欲しいと思ったことはないし、誰かをそばにおいて手放したくないとも思わなかった。

だけど、湖依と出会ってそれがぜんぶ変わった。

今でも湖依と出会ったときのことは鮮明（せんめい）に覚えていて。

自分でもわからないくらい、身体の内側からこの子が欲しくてたまらないって感情に突然襲われて。

目を合わせたら自然と何かに強く惹きつけられるように湖依しか見えなくなった。

本能的に触れたい衝動に駆られて、まったく抑えがきかないほど……一瞬で湖依のことを手に入れたいって強く思った。

　ただ、出会ったばかりの相手を自分のものにするなんて不可能なことだと思ったけど。

　天彩学園にある特殊なメイド制度のおかげで、湖依を俺専属のメイドにできたし。

　出会ったきっかけは"運命の番"としてだけど。

　湖依を好きになったのは番だからとかじゃなくて、湖依と一緒に過ごしていく時間の中で、俺自身が湖依の魅力に少しずつ惹かれていたから。

＊　＊　＊

「ん、おいで湖依」

　やっと湖依に触れられる時間がきた。

　夜になって寝るときは、いつも必ず同じベッドだし湖依のこと抱きしめないと寝付けない。

　俺が腕を広げると、おとなしく飛び込んできてすっぽり収まってる。

「はぁ……湖依が俺のこと放置するから寂しかった」

「放置してないですよ？」

「してたよ。俺はこんな触れたくてたまんないのに」

　真っ正面からしっかり抱きしめると、湖依もわずかな力で抱きしめ返してくれてる。

「わ、わたしも、未紘くんにギュッてしてもらうの好き、です」

　はぁぁぁ……何この可愛い生き物。

　ほんと何しても可愛いし、こんなの抱きしめるだけじゃ足りないんだけど。

「無理……もう可愛すぎて俺の心臓死ぬ」

「ええっ、なんでですか」

「湖依が可愛いことばっか言うから」

　ふと湖依の首元から見えたサファイアの宝石が埋め込まれたチョーカー。

　これを見るたびに、湖依は俺のなんだって勝手に優越感に浸ってる。

　俺も同じデザインのピアスをつけてる。

　このピアスとチョーカーが俺と湖依の主従関係を成り立たせているから。

　湖依がしてるチョーカーは簡単には外せない。

　チョーカーの宝石の部分に俺のピアスをかざしたら外れる仕組み。

　まあ、湖依のこと一生手離す気ないから外し方は教えないけど。

「あ、あの未紘くん？　腕痛くないですか？」

「なんで？」

「いつも腕枕してくれるので、腕痛くないのかなって」

「全然。ってか、俺がしてあげたいと思ってるんだからそんなこと気にしなくていーよ」

　何気なく伝えたんだけど。

　徐々に湖依の顔が真っ赤になって、ものすごく恥ずかしがってるのが薄暗い中でもわかる。

「じゃ、じゃあ……わたしも……っ」

　ちょっと上を向いて、身体を少し乗り出して。

　湖依のやわらかい唇が俺の頬に触れた。

「お、おやすみなさい……です」

　ほんとに軽く触れただけだったけど。

　一瞬で俺の中で何かがプツリと切れた。

「……こんなのされて寝られるわけないでしょ」

「へ……っ」

「今のは湖依が悪いよね」

　身体の熱が一気にあがって、湖依を欲しくなる衝動が
まったく抑えられない。

　あー……これは完全に発情してる。

「ほら……俺の身体こんな熱くなってんの」

「っ……！」

「……責任取って相手してよ」

　もうここまできたら止められないし、俺が満足するまで
ずっと求め続けるから。

　さっきまで抱きしめていた身体を組み敷いた。

「み、みひ……んんっ」

　湖依の両手をベッドに押さえつけて、自分の欲を小さな
唇にぶつける。

　あー、やば……。触れた瞬間、熱が引いていくどころか
さらにあがってんだけど。

　貪るように湖依の唇を求めて、気づいたら触れてるだけ
じゃ物足りなくなってきた。

「ねぇ……もっと口あけて」

「ぅ……やぁ……っ」

　ずっと唇を塞いだままだから苦しいのか、わずかに抵抗を見せるけど、それすらも煽ってること気づいてんのかな。

「そんな可愛い声出したら逆効果だって」

　顎のあたりに指を添えて、親指で下の唇に触れて口をこじあけると。

「ま、まっ……んぅ」

「無理、待てない」

　すんなり俺の熱を受け入れて、されるがままになってるのもたまらなく可愛くて、めちゃくちゃ興奮する。

「ふぁ……っ」

　苦しそうな声にすらも欲情して理性ぜんぶ飛びそう。

「……キスしたらきもちよくて発情した？」

　本来なら番同士のキスは発情を抑える効果があるけど。

　キスがきもちよすぎて、さらに気持ちが高ぶって発情することもあるし。

　今は俺も湖依も発情してる状態だろうから。

「俺と湖依が満足するまで……ずっとしよ」

　この日の夜は、意識が飛ぶまでずっと――湖依のことを求め続けた。

＊　＊　＊

　また別の日。

　今日も寮に帰ってきてから湖依は料理に洗濯、掃除を一生懸命やってる。

　そんなのぜんぶ屋敷から使用人を呼んでやらせるのに。

　本当は俺が湖依の世話もぜんぶやってあげたいくらいなんだけど。

　湖依は真面目だから「いちおうメイドとして雇ってもらってるので、きちんとお仕事します！」って聞かないし。

　湖依がメイドの仕事をやってるとき俺は放置されるし。

　特に何もすることがないので、湖依のことを観察（かんさつ）してるんだけど。

「あぅ……届かない……っ」

　窓の拭き掃除を頑張ってるみたいだけど上のほうに届いてない。

　手を伸ばして一生懸命拭こうとしてるけど、それかなり危ないって。

　メイド服の丈が短いから中見えそうなんだけど。

　こういうとこが無防備すぎるんだよね。

　これを俺以外の男が見てたなんて事態になったら、俺そいつのこと間違いなく消したくなるし。

　だから湖依は放っておけない。

　俺がちゃんと見てて守ってあげなきゃって思う。

「ん、貸して。俺がやってあげるから」

「ご、ごめんなさい……！　ちゃんと台とか持ってきたらよかったですね！」

　ってか、湖依ってほんと小柄（こがら）。

　俺が後ろから覆ったら、すっぽり隠れるし。

　それに、湖依に近づくとふわっと甘い匂いがして……こんなのずっと抱きしめたくなる。

「ひゃっ……未紘くん……っ？」

「……ん？」

　お腹のあたりに手を回してギュッと抱き寄せたら、びっくりしたのか肩を大きくビクッと震わせてる。

「そんなくっつかれちゃうと、窓が拭けない……です」

　首だけくるっとこっちに向けて、上目遣いで俺のこと見てくるの計算か疑いたくなるくらい可愛いんだけど。

「ね、湖依。いま俺すごく欲しくなっちゃった」

「何を……ですかっ？」

「……わかってるでしょ。俺の身体熱くなってんの」

　耳元でそっとささやくと、顔をパッと俺からそらしてうつむいてる。

「なんでこっち向いてくれないの？」

　後ろから覆うのって、逃げ場なくして支配してる感じがして好きなんだよね。

　あと……。

「そ、そこ触っちゃダメ……です」

「ん？　どこか口にしてくれないとわかんない」

　後ろからだと触り放題なのがいーよね。

　首元にかかる髪をどかして、そこにキスを落とすと。

「ぅ、まって……ください……っ」

　わかりやすいくらい身体が反応してる。

こーゆー素直なとこも可愛い。

「待てるわけないでしょ。俺いま湖依のキスじゃないと止まんないし」

胸元の大きなリボンをシュルッとほどいてボタンも上から外して。

湖依もちょっとは抵抗してるけど、身体に力が入らなくなってるみたいだし。

俺もそろそろ湖依が欲しくなって、我慢できなくなってきた。

それに、やっぱり後ろからだと湖依の可愛い顔が見れないし、キスもできないから。

「ひぇ……あっ……」

湖依の身体をくるっと回転させて自分のほうに向けた。

これは今に思い始めたわけじゃないけど。

湖依のメイド服姿めちゃくちゃ可愛すぎて破壊力（はかいりょく）やばくない……？

ってか、脱がされかけてるのエロすぎて理性保つほうが無理なんだけど。

「あーあ……可愛すぎて俺もう死にそう」

「え、あっ、わたしは恥ずかしくて死んじゃいそう……です」

ほら、そーゆー反応がますます煽ってるんだって。

無自覚だからほんと困る。

「……早く湖依の唇ちょーだい」

「うっ、や……ぅ」

唇が触れるかギリギリのラインでわざと止めた。

　だって、いつも俺からしてばっかだし。

　たまには湖依からしてくれたらいーのに。

「ほら、湖依早くして」

「で、できな……っ」

「そんなこと言っていーの？　なら俺が息できないくらいたっぷり甘いキスするけど」

　これ冗談じゃなくて本気だから。

　自分の欲が今まったく抑えられないし手加減とか無理。

「い、いっかいだけ……ですよ」

　湖依なりに頑張ったのか、唇を少しだけとがらせてキスしてきた。

　ふにっとやわらかいのが触れた瞬間もっともっと欲しくなる。

「俺こんなキスじゃ満足しない」

「んっ……んんっ」

　もっと求めるように、湖依を引き寄せてさっきよりも強く自分の唇を押しつける。

　キスでいっぱいいっぱいになって、俺の欲を受け止めようとしてる姿にすら欲情してる。

　湖依を求めれば求めるほど、欲が増してまったく抑えがきかない。

　どうせなら、もっと湖依が俺を欲しがってる姿が見たいなぁ……。

　俺のキスじゃなきゃダメって……可愛くおねだりしてほしい。

　いつも湖依は恥ずかしがってあんま言ってくれないし。

　じゃあ、俺が湖依に触れるのやめたら——湖依が我慢できなくなって求めてくれるとか？

　あー……これいいかも。

　俺ばっかりが求めるんじゃなくて、湖依から求めてくるまで触れたりキスもしない。

＊　＊　＊

　——迎えた翌朝。

　俺の腕の中で湖依はスヤスヤ眠ってる。

　今日から早速、湖依に触れるの我慢しようと思うけど。

　寝顔めちゃくちゃ可愛すぎない……？

　いつもなら湖依が目を覚ますまでキスしてるけど。

　まあ、今は我慢しよーかな。

　代わりにやわらかい頬をむにむに触ってると。

「ん……」

　可愛い声が漏れてる。

　この声にすらクラッときたけど、平常心を保つために頭の中でまったく違うことを考えるようにしてると。

「み、ひろ……くん？」

　どうやら目を覚ました様子。

　ゆっくりまばたきして、長いまつげが揺れてる。

　寝顔も抜群に可愛いけど、寝起きの目がとろーんとしてボーッとしてる顔も破壊力すごすぎ……。

　これ見て手出せないとか拷問じゃん……。

　なんか俺、自分で自分の首絞めてるような気がするんだけど。

「おはようございます……っ」

「ん、おはよ」

　いつもなら速攻で抱きしめてキスしてるけど。

　頭を軽くポンポン撫でるだけ。

　このまま湖依とベッドにいるほうが危険だから、さっさと着替えるしかないか……。

　俺が珍しく先にベッドから出て、自分で着替えをすませてるから湖依がちょっとびっくりしてる。

　もちろん、あんま甘えないようにもしなきゃなーって。

　朝ごはんを食べ終えて、すべての支度が終わった。

「ん、準備できたから行こ」

「あ……は、はい！」

　はぁ……今日朝から湖依にまったく触れてないせいで、湖依が足りなくてすでに俺が死にそう。

　こんな調子で1日過ごせんのかな。

＊　＊　＊

　昼休みになると湖依が俺のクラスに来てくれる。

　いつも俺だけが使える専用の部屋で昼休みは湖依とふたりで過ごしてる。

「これ未紘くんの分のお弁当です」

「ん、ありがと」

「あっ、お野菜残しちゃダメですよ！」

「……気が向いたら食べる」

　こーやって毎日俺のためにお弁当用意してくれるし。

　俺ぜったい湖依がいなくなったら生きていけない。

「ね、湖依が食べさせて」

　湖依はなんだかんだ俺には甘いから。

「今日だけですよ？　未紘くんは甘えん坊すぎです」

「湖依だから甘えたいのに」

　ちょっと甘えたら言うこと聞いてくれる。

　それに湖依は従順だから。

「えっと、じゃあ、あーんしてください」

　首を傾げながら、食べさせてくれようとしてるのかわいー。

　何しても可愛く映るからほんと困るね。

　俺がひと口食べると「美味しいですかっ？」って可愛く聞いてくるから。

　ちゃんと美味しいって伝えると「えへへっ、うれしいですっ！」だって。

　よろこんでる姿も愛おしい。

「俺も食べさせてあげる」

「うぇ……あ、大丈夫です」

「遠慮しなくていいから。ほら、あーんして」

　戸惑いながら小さく口をあけて、顔を真っ赤にしてる。

　これくらいで赤くなるなんて、どんだけ慣れてないの。

　いつももっと恥ずかしいことしてんのに。
「お、おいひいです……っ」
　パクッと食べてモグモグしてるの可愛すぎない？
　しかも口がいっぱいなのか"美味しい"ってうまく言え
てないのもまた可愛いよね。
　いつもなら間違いなく手出してたけど。
　今は自分の中で欲をグッと抑え込む。
　それから昼休みは湖依に膝枕してもらって仮眠を取っ
て、お互い教室に戻った。
　俺にしては珍しく、今日は一度も湖依にキスをしてない
し迫ってない。
　ふと思ったけど、俺がこんなことしたところで湖依はい
ろんな面で鈍感だから気づいてない可能性もありそう。
　寮に帰ってからも、湖依を求めることはせず。
　夜、寝る時間になっても。
「もう寝ますか？」
「ん、そーだね。おやすみ」
　手は出さずに、ただ抱きしめるだけ。
　これで湖依が物足りなさを感じてくれたらいーけど。
「あ、えぇっと……」
　俺をじっと見つめて、何か言いたげな顔してる。
　これは欲しがってる感じというよりも、俺があんまり触
れてこないことに戸惑ってるようにも見える。
「なんでもない、です。お、おやすみなさい」
　──で、こんな感じで数日過ごした結果。

あー……もうすでに俺が死にそう。

湖依に触れられないだけで、めちゃくちゃストレスなんだけど。

湖依は相変わらず何も言ってこないし、求めてもこない。

これは間違いなく俺の作戦が失敗に終わった。

はぁ……もういいや。湖依におねだりしてもらうのはまた今度にしよ。

——と思ったら、その日の夜にまさかの展開が。

ふたりでベッドに入った瞬間。

俺が抱きしめる前に、湖依のほうから身体を寄せてギュッと抱きついてきた。

湖依が自分からくるの珍しい。

あえて抱きしめ返さずにじっとしてみる。

「……どーしたの。今日は湖依のほうが甘えたい気分？」

何も言わずにコクッとうなずいてる。

はぁぁぁ……普段控えめな彼女が甘えてくる瞬間ってこんな愛おしいものなんだ。

「最近未紘くんがあんまり触れてくれないから、寂しくて……っ」

あー……なにこれ可愛い……死ぬほど可愛い。

ここまできたら、とことん欲しがらせて言わせたくなるじゃん。

「……寂しいの？　じゃあ、俺にどうしてほしいか言って」

もちろん、恥ずかしがり屋な湖依が言わないのは想定できるから。

「ほら、俺のことちゃんと見て」

　少し強引に顔をあげさせると、薄暗い中でもほんのり頬が赤くなってるのがわかる。

「ひゃ……っ」

　焦らすように触れて、唇をうまく外すように頬とか首筋にキスを落とす。

　軽くなぞる程度でゆっくりじわりと湖依の肌に触れると身体がビクッと跳ねてる。

　唇にキスをしなくても、湖依がどこを攻められたら弱いとかぜんぶ知ってるから。

「み、ひろ……くん……っ」

「なに？　してほしいことあるならねだってよ」

「ぅ……っ」

「俺は待つよ。ただ……湖依が我慢できる？」

　まだ恥ずかしさが勝ってるのか首を横に振ってる。

　でもあきらかにさっきよりも身体が熱くなってるし、顔もさらに赤い。

　呼吸も少し荒くなってる様子から、湖依が我慢できなくなるのは時間の問題。

　少し攻めた触れ方をすると。

「あぅ……っ……」

「ほら、いい声出た」

　可愛い声が漏れて、瞳もうるうるさせて。

　極めつきは──。

「キス……してくれなきゃ、やです……っ」

　とびきり可愛いおねだりで俺のこと翻弄(ほんろう)してくるから。

「湖依が欲しがってる姿、やっぱ興奮する」

　ほんとはもっと焦らして、それに耐えられなくなる湖依が見たいけど。

　俺のほうがもういろいろ限界。

「……甘いのたくさんしよーね」

「っ……、ん……」

　やわらかい唇に自分のを重ねた。

　ただ触れただけで、気持ちの高ぶりが尋常(じんじょう)じゃない。

　はぁ……やば。湖依のやわらかい唇に触れた途端に俺の身体もドクッと脈打って熱くなってきた。

　焦らしすぎたせいか、湖依の身体もいつもより大きく反応してる。

「……キスきもちいい?」

　唇が触れたまま、ちょっと控えめにうなずいてんの可愛すぎる……。

「もっと……俺の熱感じて」

　唇を舌で少し舐めると自然と口元がゆるんだ。

　小さな口の中に自分の熱をグッと押し込むと、少し戸惑いながらも受け入れてくれる。

「はぁ……っ、ぅ……」

　微かに漏れる吐息すらにも欲情して。

　俺に応えようとして絡めてくるの可愛すぎ……。

「ねぇ、俺のこと好きって言って」

「ふぇ……っ?」

湖依にもっと言わせたい。

高まる欲を抑え込めない。

キスして見つめ合ったまま。

顔を真っ赤にして戸惑いながら。

「みひろくん……だいすきです……っ」

「っ……、無理……可愛すぎ」

心臓えぐられるくらいの破壊力。

理性なんかほぼないようなものでこっちは抑えんのに必死なのに。

そんなこと知らない湖依は……。

「未紘くんも言ってくれなきゃ、やです……っ」

あぁ……瞳うるうるさせて、ちょっと上目遣いでそんな可愛いこと言って。

俺の心臓ほんともたない。

なんで俺の彼女はこんな可愛いの？

「湖依のこと好きで好きでたまんない」

「……っ」

「ほんとは息できないくらいキスして、めちゃくちゃに抱きつぶしたいけど」

「……？」

「今は我慢する。俺の欲だけで湖依のこと壊したくないし」

湖依の可愛さが爆発しすぎて、俺の理性ほとんど死んでるけど。

大事にしたい存在だからこそ、今は焦らずに我慢しなきゃいけない。

「……でも、いつか湖依のぜんぶ俺にちょうだいね」

　湖依が思ってる以上に、俺は湖依しか見えてなくて湖依の魅力にどっぷりはまってるから。

　一生離す気ないから──ずっと俺に愛される覚悟してもらわないとね。

とびきり甘くてとびきり危険。

　学園が冬休みに入った12月のこと。

「わぁぁぁ、水族館なんて久しぶりです!!」

　今日は未紘くんと水族館に来ています。

　きっかけは数日前にテレビで水族館の特集がやっていたのを未紘くんと見ていたとき。

　わたしがすごく夢中になって見ていたのを未紘くんが気づいてくれて「一緒に行く？」って誘ってくれた。

「湖依がはしゃぐことあんまないから貴重だね」

「だって、海の生き物ってみんな可愛いじゃないですか！」

　ここの水族館すごく有名で、近くに海もあってデートスポットとしてテレビや雑誌にも取りあげられてるみたい。

　人気なのもあって人がすごいから、入るのに時間かかると思ったけど。

　あらかじめ未紘くんがチケットをスマホで取ってくれたおかげで、すんなり中に入ることができた。

「ペンギンさんがよちよち歩いてて可愛いです!!」

　真っ先にいちばん楽しみにしていたペンギンコーナーにやってきた。

「わわっ、ペンギンさんこっち見てくれてます！」

　思わず手をフリフリしてると。

「ペンギンに手振ってんの湖依くらいだね」

「うっ、きっとペンギンさんも振り返してくれてます！」

　ちょこちょこ歩きながら、羽をパタパタさせてるの可愛
すぎて……！

　お家に連れて帰りたくなっちゃう。

「ペットにしたいくらい可愛いですっ」

「ペンギンに湖依取られるとか無理」

「取られないですよ！」

「だって俺よりペンギンに夢中になって俺の相手してくれ
なくなるんでしょ。ペットなんてぜったい却下」

　軽い気持ちで言っただけなのに、なんでか未紘くんペン
ギンさんに嫉妬しちゃってる。

「なんなら俺をペットにしたらいーじゃん」

　あっ、たしかに未紘くんって猫っぽいような……ってそ
うじゃなくて！

「未紘くんはご主人様です」

「んじゃ、俺の言うことはぜったいだからペンギンさんよ
り俺を優先して」

　未紘くんのほうをクイッと向かされて、視界からペンギ
ンさんがいなくなっちゃった。

「今はペンギンさん見たいです」

「さっきまで充分見てたじゃん」

「どれだけ見ても飽きないんです」

「うん、俺も湖依をどんだけ見ても飽きないからわかる」

「なんかそれはちょっと違うような……」

「どうせならペンギンさんにキスしてるとこ見せる？」

「んなっ、そんなの見せません……!!」

　それから30分くらいペンギンコーナーにいたけど、未紘くんは文句も言わずにずっと付き合ってくれて。

　奥にはカラフルなサンゴと魚がいる水槽もあったり。

　さらに進むと薄暗い空間の中にクラゲの水槽がある。

「クラゲってこんなに綺麗な生き物なんですね」

「あんま間近で見ることないもんね」

「海で刺されるイメージしかなかったです」

　ゆらゆら水の中を泳いで、ライトアップされてるのもあってすごく綺麗。

「……そーいえば、ここの近く海だよね」

「そうですねっ。あとで時間あったら海の近くお散歩したいです！」

　冬の海って寒いだろうから、未紘くんは早く帰りたがるかなぁ。

「ん、わかった。いーよ」

「えっ、いいんですか？」

「彼女のお願い聞くのは当然でしょ」

「えへへっ、うれしいですっ」

　いまだに彼女って言われちゃうと、恥ずかしくて慣れないけど。

　そういえば、こうして未紘くんと一緒に外でデートしたことあんまりないなぁ。

　普段ずっと寮の部屋で一緒に過ごしてるから、特別どこかに出かけようってならないし。

　たまにはこうやって外に出るのもいいなぁ。

でも楽しんでるのはわたしだけかな。

　未紘くんはどちらかというと、部屋でまったりしたいタイプだろうし。

　なんていろいろ考えていたら。

「……なんか珍しいの売ってんね」

「青いソフトクリームって珍しいですね」

　青色のミックスソフトクリームを発見。

　ブルーはラムネ味で白はバニラ味みたい。

　試しに買って食べてみると。

「んっ、ラムネの爽やかな味とバニラの甘さがあって美味しいです！」

「俺もひと口ちょーだい」

　スプーンでひと口すくって食べさせてあげると。

「……冷たいね」

「冬にソフトクリームは寒かったですね」

　チョイス間違えちゃったかな。

　未紘くんは甘いのそんなに好まないから、わたしひとりでプルプル震えながらソフトクリームを完食。

　そのあと大きな水槽をぐるりと見て回ったり、メインのイベントといってもいいくらいのイルカショーを楽しんで。

「お土産も可愛いのが多いですね！」

　水族館にいる生き物をモチーフにした小さなキーホルダーや、ぬいぐるみとかもたくさん売ってる。

　見たものぜんぶ欲しくなっちゃう。

　あ、このカワウソのキーホルダー可愛い……！

　さっき見て回ったときカワウソもいたんだけど、飼育員さんに懐いてるのがすごく可愛かったなぁ。

　カワウソは甘えるのがすごく上手らしいから未紘くんみたいだなぁって。

「それ欲しいの？」

「あっ、未紘くんに似てるから買おうかなぁって」

「……カワウソに似てるってはじめて言われた」

「性格ですかね。甘え上手なところ似てます」

「んー……そこはあんま否定しないけど」

　せっかくなので買うことにして、早速カバンにつけちゃった。

　水族館を出たあとは海沿いを散歩することに。

　普通に外を歩いてても寒いけど、海のそばだと余計に風が冷たい。

「うっ、やっぱり冬の海は寒いですね」

「俺のマフラー貸してあげる」

「大丈夫ですよ。未紘くんも寒いじゃないですか」

「……俺はいーよ。湖依に抱きつくから」

「それはダメです。お散歩できなくなっちゃいます」

　今日はとくに寒いせいもあって、ここらへんを歩いてるのはわたしたちだけ。

　あんまり長い時間いると風邪をひいちゃうかもしれないから、少し歩いたら帰らないと。

「……湖依は寒くない？」

「未紘くんが手をつないでくれてるので温かいです！」

　ギュッとつないだまま、未紘くんのコートのポケットに手を入れさせてもらってる。

「冬の海って空気がひんやりしてんね」

「やっぱり海は夏に来るものですね」

「……そう？　俺は冬の海好きだけど」

　たしかに夏と比べて冬の海はすごく静かで、波<ruby>（なみ）</ruby>の音がよく聞こえる。

　未紘くんは騒がしいのよりも、こういう静かな空間が好きなのかな。

「今は海に入れないのが残念ですね」

「来年の夏にまた俺と来たらいーじゃん」

　海<ruby>（なが）</ruby>を眺めながら、何気なく言ってくれた今の言葉がすごくうれしかった。

　だって、来年わたしが未紘くんの隣にいるかなんてわからないのに。

　当たり前のように未紘くんの未来にわたしがいるなんてすごく幸せな気持ち。

「湖依の可愛い水着姿楽しみにしてる」

「うっ、そんな期待しちゃダメです」

「なんで？」

「ぜったいガッカリさせちゃいます」

「それは俺が判断<ruby>（はんだん）</ruby>するから。来年の楽しみが増えたね」

「海は楽しみですけど、水着は嫌です……」

　せっかく海まで来たから、少しだけ水に触れたいなぁ。

　ただ歩いてるだけだと物足りなくて、未紘くんの手を離れて波打ち際へ。

「あんま海に近づくと危ないよ」

「浅瀬で少し水に触るくらいなので大丈夫です！」

　……って、ちょっと油断しちゃったのがいけなかった。

　未紘くんがいるほうに気を取られていたのもあって。

　タイミング悪くザバーッと波が音を立てて、すごい勢いで砂浜に海水が押し寄せてきて。

「……くちゅんっ、ぅ……」

「だから危ないって言ったのに」

「ぅ……ごめんなさ……くちゅんっ」

　波から逃げようとしたら、足が絡んで転んでザブッと軽く水をかぶってしまった。

　うぅ……わたしどんくさすぎるよぉ……。

　未紘くんもまさかの出来事にびっくりして慌ててわたしのところに来てくれた。

「ほら俺のコート着て」

「うっ……でも未紘くんが……」

「俺のことはいーから。すぐ車呼んでどっか近くのホテル取るから」

　さっきまでデートっぽく海を散歩してたのに。

　わたしが海に近づいたせいで、こんなことになっちゃって申し訳ない……っ。

　未紘くんがすぐに連絡を取ってくれて、少ししてから迎えの車が来た。

　もうすでに運転手さんが近くのホテルの部屋を取ってくれたみたいで、10分くらいで到着。

　車内もわたしが寒くないように、ものすごく暖房がきいていた。

「いま着てるやつぜんぶ脱いで。ホテルにあずけるから」

「ご、ごめんなさい……」

　部屋に着いた途端、バスルームに連れて行かれた。

　すぐにシャワーを浴びるようにって言われて、びしょ濡れになった服を脱ごうとしたんだけど。

「えっと、未紘くんがいると脱げない……です」

　未紘くんがバスルームから出ていってくれません。

「……なんで？」

「は、恥ずかしい……ので」

「んじゃ、俺が脱がせてあげるからおいで」

「っ!?　な、なんでそうなるんですか……!?」

　必死に逃げるわたしと、お構いなしにグイグイ迫る未紘くん。

　気づいたら後ろに逃げ場もなくなって、未紘くんがわたしの身体を覆うように壁にトンッと手をついた。

「早く脱がないと風邪ひくでしょ」

「だ、だからぁ……」

「ほら腕あげてばんざーい」

　上に着てるセーターをスポッと脱がされて、下に着てるブラウスもボタンをぜんぶ外されちゃって。

「あれ……キャミソールどーしたの？」

「うっ……」

「……着るの忘れたんだ?」

　わたしの両手を壁に押さえつけて、とっても愉しそうに笑ってる。

「ま、まってください……っ」

「何を待てばいーの?」

「ひぇ……」

　首筋にチュッと吸い付いて、熱い舌でペロッと舐められて……身体の奥がちょっと熱い。

「……身体冷えてんね」

「ぅ……もうこれ以上は……」

「シャワーじゃなくて……俺ともっと熱くなることする?」

「んんっ……」

　下からすくいあげるように唇をグッと塞がれて、身体にピリッと甘い刺激。

　唇が触れてるだけなのに……少し物足りなさを感じてるのおかしい……っ。

「……そんなにきもちいい?　もっと欲しそうな顔してる」

　唇が触れたまま見つめられると動けなくなっちゃう。

　それに残ってる理性が、甘いキスでぜんぶ奪われちゃいそうになるのに。

「胸のとこにも痕残していい?」

「っ、やっ……ぅ」

　末紘くんはもっと甘く誘ってくる。

　このままだと身体が熱くなって発情しちゃう。

　だから、とっさに未紘くんに背を向けた。

「……いーの？　そんな無防備に背中見せて」

　真後ろから覆うように、耳元で危険なささやきが落ちてきた。

「今からもっと危ないことしようとしてんのに」

「ひゃっ……」

　ブラウスを肩が出るくらいまで下に引っ張られて。

「これ、こんな簡単に外せちゃうけど」

「やっ……ぁ……」

　背中の真ん中あたりを指でなぞって、うまくスライドさせて。

　ふわっと胸の締め付けがゆるくなった。

　とっさに両腕を胸の前でクロスして身体を小さく丸めるけど。

　未紘くんはその間も刺激を止めてくれない。

　背中にキスを落としながら、イジワルな手がお腹のあたりから上にあがってきて。

「ね……この手どけて。もっと触りたい」

「うっ……ダメ、触っちゃやだぁ……」

「……なんで？　もう俺こんな熱くなってんのに」

　顎をクイッとつかまれて、少し強引に未紘くんのほうを向かされて唇が重なる。

　ちょっと強く押しつけられて、少ししてから惜しむようにゆっくり離れて。

「……ほんとはこのままもっとしたいけど」

「っ……？」

「これ以上やると抑えきかなくなるし」

　もう充分抑えてなかったような気もするけど。

　これ言ったら大変なことになりそうだから黙っておこうかな。

「早くシャワー浴びておいで」

「は、はい」

「どうせなら俺も一緒に入りたいけど」

「末紘くんは出ていってください……！」

　それから１時間弱くらいシャワーを浴びながらバスタブにお湯をためてゆっくり身体を温めた。

　着替えはぜんぶホテルの人にあずけて乾燥までかけてもらうから戻って来るのに時間かかりそう。

　シャワーから出るとバスローブが置いてあった。

　サイズがちょっと大きかったのか、着てみるとダボッとしてる。

　部屋に戻ると末紘くんはベッドに横になってた。

　寝てるのかな？

　ひょこっと近づいてみると。

「……やっと出てきた。身体温まった？」

「はいっ。ちゃんと湯船にも浸かりました」

「んじゃ、今から俺と愉しいことする時間ね」

　抱き寄せられてベッドに片膝をついて、目線を少し下に落とすと末紘くんの綺麗な顔がある。

　わたしのサイドを流れる髪を指ですくいあげて、耳にか

けながらそっと……。

「さっきの続き——しよっか」

　甘い声が落ちてきて……身体がベッドに沈んだ。

　未紘くんの顔が近づいて……唇が触れる寸前でピタッと止まった。

　ただ、イジワルな手つきでわたしの肌に絶妙な力加減で触れてきてる。

「……湖依は欲しくない？」

　わたしが欲しがるまでとことん焦らして、言わせるまで攻めてくるつもり。

　いつだって主導権は未紘くんが握っていて。

　それが逆転することはぜったいにないけれど。

　じっと見つめ合って数秒。

「未紘くんが欲しがるまでキスしません……っ」

　唇の前で指でバッテンマークを作ると。

　未紘くんがちょっとびっくりした顔をして。

　でも、すぐにニッと口角をあげて笑って。

「へぇ……俺のまねっこ？」

「だって、いつもわたしばっかり……」

「俺に言わせようとするんだ？」

　あれ、あれれ。なんかこれちょっとまずいような。

　いつもの何倍も未紘くんが危険な瞳をしてる。

「じゃあ、早く湖依をちょうだい？」

　あまりにあっさり言われちゃったからどうしよう。

　グイグイ攻めてくるけど、けっして未紘くんからキスは

しない。

「ちゃんと欲しがったんだから、たっぷり満たしてよ」

「え、あっ……えっと」

「……湖依がキスして」

　未紘くんの指先が唇に押しつけられて、ゆっくりなぞってくる。

「してくれないなら……湖依の身体がおかしくなるまで焦らして攻めるよ」

「っ……」

「俺が求めたんだから湖依がそれに応えてよ」

　ドサッとベッドに倒れ込んだ未紘くんの上に乗せられちゃって。

　これじゃ、わたしが未紘くんに迫って押し倒してるみたい……っ。

「早くキスして。我慢できない」

「ま、まっ……」

「待たない。早く湖依の唇ちょうだい」

　やっぱり未紘くんにはかなわなくて。

「俺は湖依が欲しがったら甘いのあげてたでしょ」

　こんなに身体が密着してたら、ドキドキしてるのも伝わっちゃう。

　それに……未紘くんの身体も熱くて瞳も熱っぽい。

　欲しくてたまらないって顔で見つめてきてる。

「ねぇ、ほら足りない。身体が湖依を欲しがってる」

　唇が重なるように少し顔を傾けるけど、うまくあたるの

かな。

　いつもしてもらってばかりだから、自分でするのよくわかんない。

　ギュッと目をつぶって、思いきってチュッとすると。

　いつものやわらかい感触がしっかりある。

　でも、ここから先どうしたらいいの……？

　グルグルしてる間に、息もちょっとずつ苦しくなってきてる。

　だから、ゆっくり唇を離そうとすると。

「……こんなキスで俺が満足すると思う？」

「んん……っ」

　後頭部に未紘くんの手が回ってきて、離れることを許してくれない。

「湖依が焦らしたから俺いま加減できないよ」

　あっという間に体勢が逆転。

　キスしたまま未紘くんが真上に覆いかぶさってきた。

「口あけて。……もっと甘くて激しいの欲しい」

「んぅ……」

　強引に口をこじあけられて、舌が入り込んでくる。

　口の中をかき乱して、甘くて刺激が強すぎて溶けちゃいそう……。

　キスがきもちよくて身体すごく熱い……っ。

「はぁ……っ、あつ……」

　前髪をかきあげる仕草が妙に色っぽい。

　発情してるのもあって艶っぽくて……釘付けになる。

「発情してんの全然治まんない」

　お互い息が乱れて、求めあって全然止まらない。

「……湖依もきもちよくて発情した？」

「ぅ……っ、はぁ……」

「まあ、身体こんな熱かったらしてないわけないよね」

　少しはだけたバスローブの隙間から鎖骨のあたりにキス
を落として。

　そのキスがさらに下に落ちて。

「このやわらかいとこ……痕残したい」

「やぁ……っ、ダメ……っ」

　指先で軽く胸元に触れられただけなのに、未紘くんの熱
を強く感じる。

「湖依は敏感だね」

　一気にあがる熱と、きもちよさで頭も身体もぜんぶおか
しくなりそう。

「……もう熱くて限界でしょ」

「ふぅ……っ、ん」

　さらに刺激が強くなって、ぜんぶはじけた瞬間……一度
意識がパッと飛んだ。

＊　＊　＊

　次に目が覚めたときには夜になっていた。

　ゆっくり目をあけると、真っ先に未紘くんが映る。

「……あ、起きた。結構寝てたね」

「え、あ……っ、もう夜ですか？」

「そーだね。服もだいぶ前に乾いたけど。外寒いし、湖依が風邪ひくの心配だから今日はここに泊まろっか」

「わたしが寝ちゃったせいでごめんなさい」

「いーよ。激しくしすぎたね」

「うっ……それ言わないでください」

　夜ごはんは未紘くんがルームサービスでスープパスタとデザートにカタラーナを頼んでくれた。

　そのあと未紘くんもシャワーを浴びて、いつもどおりふたりでひとつのベッドで眠ることに。

　いつも寝てるベッドより少し狭いけど、結局抱きしめてもらうから一緒かな。

　未紘くんの腕の中が心地よくてうとうと……。

「あ、そーいえば父さんがまた湖依に会いたがってた」

「ほんとですか？　それはうれしいです……！」

「あと母さんも日本に帰って来てるみたいだから、今度湖依に会いたいって」

「未紘くんのお母さんとは会ったことないので緊張しちゃいますね。でも、わたしも未紘くんのお母さんと会ってお話したいですっ」

「俺も湖依の家族に挨拶しなきゃね」

　そういえば、未紘くんはわたしの家族とは会ったことも話したこともなかったっけ。

　あ、でもお母さんは未紘くんのこと知ってるかな。

　説明会でわたしが倒れて未紘くんが家まで送り届けてく

れたとき一度だけ会ってるし。

「きっと、末紘くんに会ったらわたしの家族みんなびっくりです」

「なんで？」

「すごくかっこいい王子様みたいな男の子が来たってみんな騒いじゃいます」

「王子様って。俺フツーだけど」

　末紘くんみたいな完璧な男の子がフツーだったら、世の中レベルが高すぎてハイスペックな子しかいなくなっちゃうよ。

「みんなが憧れてる王子様ですよ」

「んじゃ、湖依はみんなが憧れてるお姫様だね」

「うぬ……わたしに姫は務まらないです」

「こんな可愛いのに。俺にとっては湖依が世界でいちばんかわいーよ」

　末紘くんからの"可愛い"はとっても心臓に悪い。

　何回言われてもドキドキしちゃう。

「その可愛さ俺以外に見せちゃダメだから」

「末紘くんも……わたしだけ見てくれなきゃ、やです……っ」

　あぁ……勢いでちょっと大胆なこと言っちゃったかも。

　恥ずかしくて今よりもっとギュッて抱きついたら。

「はぁ……さっきやりすぎたからおとなしく寝ようと思ったけど」

「……？」

「今ので完全にスイッチ入った」

「え、あっ……え？」

　さっきまで一緒に寝る雰囲気だったのに。

　なんでか急に組み敷かれちゃって。

「俺が欲しがったら止まんないよ──覚悟して」

　どうやら甘い夜はまだまだ続きそうです。

もっと触れたい衝動。

　ここ最近、毎日ずっと未紘くんの様子がおかしいです。

「ね、湖依……早くちょうだい」

「まっ……んんっ」

　未紘くんの発情の頻度がすごくて、いつもキスを求められてばかり。

「はぁ……っ、どんだけしても治まんない」

　それにキスしても簡単に治まらなくて。

　何度も何度も深いキスをして……未紘くんの身体が満足したらやっと止まってくれる。

　前はこんなに発情することなかったのに。

「湖依……もっと」

「もう……んっ」

　キスが深くて激しくて。

　口の中にある熱が暴れて欲しがって。

　こんなの続いたら、わたしも発情しちゃう……っ。

「……ねぇ、湖依ももっと欲しい？」

「ふぅ……ん」

「熱くて甘いの……きもちいいね」

＊　＊　＊

　そんなある日、大事件が発生。

　担任の先生から未紘くんが体調不良で倒れたことが告げられた。
「いま保健室にいるみたいだから、砥水さん様子見に行けそうかしら？」
「すぐに向かいます！」
　朝はそんなに体調悪そうに見えなかったけど。
　わたしが気づいてあげられなかっただけで、無理してたのかな。
　保健室に着くと養護教諭の中野先生が未紘くんの状態を説明してくれた。
　どうやら教室で急に倒れて、一瞬意識が飛んでしまったみたい。
　そのあと少ししてから意識が戻って、付き添ってもらいながらなんとか保健室に来たみたい。
　今は容態（ようだい）も落ち着いてベッドで寝てるらしい。
「もともと体調不良が続いていたのかしら？　もしずっと体調が悪いのであれば一度お医者さんに診てもらうことも考えたほうがいいと思うわ」
「そう……ですよね」
「急に倒れるなんて心配よね。寝不足とか疲れがたまっていたりするなら、あまり無理しないように砥水さんも注意してみてあげるようにしてね」
「わ、わかりました。なるべく気をつけてみるようにします」
「とりあえず今はよく眠ってるみたいだから。青凪くんが目を覚まして帰れそうな状態だったら一緒に帰ってあげて

ね。わたしは今から職員会議で少しの間ここを離れるから」

　ベッドがある奥へ行って、薄いカーテンをあけるとスヤスヤ眠ってる未紘くんがいた。

　中野先生が言ってたとおり今は落ち着いてるのかな。

　起こさないように、そっと未紘くんの頬に触れると。

　何かに反応するように未紘くんの身体がわずかにピクッと動いて。

　今まで落ち着いて寝てたのに、ちょっとずつ呼吸が荒くなってきて身体も熱いのか汗ばんでる。

　もしかして急に体調が悪化してる……？

　だとしたら早く誰か呼んでこないと――。

「こ……より」

「へ……きゃっ……」

　そばを離れようとした瞬間、片腕をものすごく強い力で引かれた。

　勢いでベッドに倒れ込んで、ふと未紘くんを見ると。

「はぁ……もう無理……熱い」

「え、あっ……まっ……」

「湖依が近くにいるだけで……おかしいくらい気分高まってる」

　発情しちゃってるのか、息が荒くて苦しそう。

　熱がこもってるせいもあって、表情もすごくつらそうで苦しそう。

「……キスじゃ止まんない」

「みひろく……んんっ」

「無理……もう抑えらんない」

　触れた唇が異常に熱い。

　グッと深く押しつけて、貪るように唇を求めて。

　未紘くんの胸元に手をあてると、身体もすごく熱くてドクドク脈打ってるのがわかる。

　キスして治まるどころか、もっと欲しがってキスが激しくなるばかり。

「はぁ……っ、ねぇ湖依もっと……」

「やっ……そんな触っちゃ……ぅ」

　キスしながら弱いところ攻めてくるのずるい……。

　指先の力を絶妙に強くしたり弱めたり。

「……このやわらかいとこ触られるの好き？」

「あぅ……っ」

　焦らすように触れたと思ったら、急にグッと刺激を強くしたり。

　止まってくれないとわたしがもたなくなっちゃう……っ。

　未紘くんも発情したままで、もっと欲しがって苦しそうだから。

　ほんとは抑制剤は飲んでほしくないけど。

　このままキスで抑えられないかもしれないし。

「み、ひろくん……っ。これ飲んで、ください」

　なんとかケースから抑制剤を取り出して、未紘くんの口に入れてあげたけど。

　キスに夢中で薬が口からポロッと落ちてうまく飲んでくれない。

　唇塞がないとダメ……かな。

　もう一度未紘くんの口に抑制剤を入れて……そのまま自分の唇を重ねた。

「んっ……くすり、飲んでください……っ」

　薬が口からこぼれないようにずっと塞いでいたら。

　キスに夢中になりながらも、抑制剤をゴクッと飲み込んでくれた。

　これで治まるかな……っ？

　即効性があるはずだから、落ち着くといいんだけど。

　しばらく唇を重ねてたら、少しずつキスがゆっくりになって。

「熱いの治まりました……か？」

「ん……」

　発情した状態から急に薬が効いてるせいだからか、意識がボーッとして今にも寝ちゃいそうな未紘くん。

　今はちょっとだるいかもしれないけど、未紘くんの意識があるうちに寮に帰らないと。

　フラフラの未紘くんの身体を支えてなんとか寮に帰ってきた。

　薬の効果が強すぎるせいか、未紘くんの身体にすごく負担がかかってるのかな。

　わたしはどうすることもできないのがもどかしい。

　本来なら未紘くんの発情は番であるわたしのキスで抑えられるはずなのに。

　それから数時間ずっと眠り続けて、次に未紘くんが目を

覚ましたのは夜遅くだった。

「あっ、目覚めましたか……？」

「ん……俺寝てたの？」

「そうです。すごく心配しました……っ」

　教室で倒れて保健室に行ってから、発情が治らなかったので薬を飲んでもらったことを話すと。

「……湖依に迷惑かけちゃってるね。ごめん」

「あ、謝らないでください。わたしのほうこそ、その……抑えてあげられなくてごめんなさい」

　今も元気がなさそうで、ちょっとぐったりしてる様子を見ると胸が苦しくなる。

　わたしがしてあげられることが何もなくて、未紘くんばかりがつらそうだから。

「……なんでだろうね。前は湖依のキスで治まってたのに」

「もしかして、わたしが未紘くんの番じゃなくなっちゃったんじゃ……」

「……そんなわけないでしょ」

「で、でも……っ」

「湖依が欲しくてたまんないのは前と一緒だし」

　付け加えて「番が変わるなんて聞いたことないから」って。

「ただ……俺が湖依に触れたい欲が強くなって抑えられないだけだから」

　それからほぼ毎日、未紘くんとあんまり触れ合うことがなくなって。

　わたしがそばにいると発情しちゃうからっていう理由で夜は同じベッドで寝ないようにしたり。

　極力ふたりでいるのを避けたり。

　いつも当たり前のように未紘くんに触れられて求められていたのがピタッと止まったら。

　わたしのほうが物足りなくなっちゃいそう……。

　未紘くんは我慢してくれてるのに。

　だから、わたしがわがまま言っちゃダメって自分の中で抑え込んでいたんだけど。

　そんな日が続いたある日。

「え、あっ……また薬飲んでるんですか？」

「ん……やっぱ触れたい欲が抑えられないから」

　最近未紘くんは頻繁に抑制剤を飲んでる。

　そのおかげか前みたいに発情することは少なくなったけれど。

　わたしに触れるのは相変わらず控えてるし。

　未紘くんが薬まで飲んで抑えようとしてくれてるのに。

　わたしが物足りなく感じてるなんて。

　寮にいるときも未紘くんはわたしから距離を取ってる。

　何気なくソファに座ってる未紘くんに近づけば、立ちあがってどこかに行こうとしちゃうから。

　未紘くんが我慢してるのもわかってるけど。

　とっさに身体が動いて。

「ねー……湖依それダメ」

「ぅ……だって、未紘くんが離れちゃう……から」

「……俺これでも必死に抑えてんのに」

　大きな背中にギュッと抱きつくと、ため息交じりで
ちょっと困ってる。

「……湖依のほうから触れちゃダメでしょ」

「だって、もうここ最近ずっと未紘くんにギュッてしても
らえてないです……っ」

　手をつなぐことも、抱きしめてもらうこともできない
のがすごく寂しい……っ。

　未紘くんの気持ちが離れたわけじゃなくて、わたしのこ
とを思って我慢してくれてるのもわかる……けど。

「っ、それダメだって……」

「ちょっと触れるのもダメ、ですか……っ？」

　背伸びをして、未紘くんの唇に近づいてもうまくかわさ
れちゃう。

「……今はほんとダメ。キスしたら抑えきかなくなる」

　あまりに未紘くんに触れてもらえないから、触れてほし
いって欲張りな気持ちが出てきちゃう。

「……キスしたら湖依のぜんぶ欲しくなるから」

　何かをグッと抑え込むように我慢してる。

　それからもずっとわたしに触れてくることはなくて。

　抑制剤を飲む頻度も減らしたけど、飲み続けたせいも
あって。

　ついに未紘くんが体調を崩してしまった。

　これじゃ、わたしが薬を飲んでいたときとまったく同じ
状態。

　きっと強い倦怠感に襲われて身体もつらいと思う。

　それでも未紘くんは、わたしに触れるのを我慢して抑制剤を飲もうとするから。

「薬飲むのやっぱりダメです」

「ん……でも飲まないといつ発情するかわかんないし」

　たぶん飲みすぎてるせいもあって、薬に耐性《たいせい》がついてるのか効き目も薄れてるみたいだし。

「それなら……未紘くんが満足するまでたくさんキスしてください……っ」

　こんな大胆なこと言ったら引かれちゃうかな……。

　でも、わたしももう限界で。

　未紘くんに触れてもらえないだけで、ずっと何か物足りなくて。

「……なんでそんな理性崩すこと言うの」

「だって、わたしも未紘くんともっと触れあいたくて……」

　頭を抱えて深くため息をつきながら。

　わたしの瞳を強くじっと見つめて。

「湖依はさ……キスより先のこと考えたことある？」

「っ……？」

「キスなんかよりもっと……熱くて激しいことすんの」

　キスより先のこと……あんまり深く考えたことなくて。

　キスも、それよりもっと先のことも──わたしにとっては未紘くんがはじめてで。

　ただ、未紘くんにもっと触れてほしいって気持ちがあるのもほんとだから。

「……湖依のこと俺の欲だけで壊したくない」

　またそんなふうに抑え込もうとして我慢してる。

　きっと未紘くんなりに、わたしのことを思って先に進んじゃいけないってブレーキをかけてくれてる。

　でも、もうたくさん我慢してもらってるから。

「我慢しないでください……っ。わ、わたしも……未紘くんが足りない、です……っ」

　それに未紘くんならきっと、キスよりもっとしても……大切に優しくぜんぶを受け止めてくれると思うから。

「キスよりもっと……してもいい……です」

「っ……、ここで抑えられるほど俺できた人間じゃないよ」

　いつも余裕そうな未紘くんは、どこにもいなくて。

　少し戸惑いながらも熱っぽくて欲しそうな瞳をしてる。

「湖依が怖がって泣いてもやめてあげられる自信ない」

「大丈夫……です」

　しっかり見つめ返して……未紘くんの唇に触れるように自分からキスをした。

　その瞬間、未紘くんの表情がグラッと一気に崩れて。

「湖依のぜんぶ……俺に愛させて」

「んっ……」

　ゆっくり身体がベッドに倒されて――とびきり甘くて優しいキスが落ちてきた。

　唇が触れた瞬間、抑え込んでいたものがプツリと切れたのか。

「……キスだけできもちよすぎて止めらんない」

　上唇をやわく噛んで、ついばむようなキスの繰り返し。

「……湖依の熱もっと俺にちょうだい」

「んぅ……っ」

　今度は深くまんべんなくキスして……角度を変えて何度も何度も求められて。

　キスしながら肌に触れてくる手も、けっして強引じゃなくてとっても優しい。

　次第にいろんなことを考える余裕なんかいっさいなくなって。

　与えられる甘い刺激に身体が耐えられなくなる。

「……可愛い。もっとちゃんと見せて」

「や……ぁ……」

　未紘くんの瞳に自分がどんなふうに映ってるか……気にしてられる余裕もない。

　未紘くんでいっぱいで……もう何も考えられない……っ。

　お互い息が乱れて、視界に映る未紘くんは少し顔を歪めてる。

「みひろ……くん……っ」

　名前を呼んだら、優しくわたしの頬に触れてぜんぶを包み込むようなキスが落ちてくる。

　熱に呑まれて、感じたことない痛みに襲われて。

　ずっとずっと……このまま甘い波に溺れていたいと思うほど……。

　出会ったきっかけは運命の番としてだったけれど。

　運命の相手が未紘くんでよかったって、今は心からそう

思えるくらい未紘くんのこと好きな気持ちでいっぱい。

　きっと、こんなに好きでいられるのは未紘くんがわたしのことをすごく大事にしてくれているから。

　わたしも同じように未紘くんのこと大切にしたいって気持ちがすごく強くなる。

　未紘くん以上に好きになれる人はこの先現れないって思うくらい──。

　わたしにとって未紘くんは最初で最後のずっと大切にしたいかけがえのない存在。

「湖依……だいすきだよ」

「わたしも未紘くんがだいすきです……っ」

　だから……運命が導いてくれたこの恋を一生大事にしていきたい。

＊End＊

あとがき

いつも応援ありがとうございます、みゅーな**です。

この度は、数ある書籍の中から『ご主人様は、専属メイドとの甘い時間をご所望です。〜無気力な超モテ御曹司に、イジワルに溺愛されています〜』をお手に取ってくださり、ありがとうございます。

皆さまの応援のおかげで、16冊目の出版をさせていただくことができました。本当にありがとうございます……！

前作の吸血鬼のシリーズに引き続き、今回も新しいシリーズを刊行させていただくことになりました。

今回は、ご主人様×メイドのシリーズになります。

1巻は甘えたがりの末紘と、しっかりしてるのにちょっと天然な湖依が運命の番として出会ってご主人様とメイドの関係になるというお話でした！

甘えるのが上手なヒーローと従順なヒロインの組み合わせがすごく好きなので、今回も楽しく書くことができました！

1巻は序盤からかなり甘さ全開で書けたんじゃないかなと思います……！

このあとの2巻は、1巻でも少し登場した歩璃と恋桃が

主役です！ 未紘や湖依も少し登場する予定です！ 1巻よりもさらに糖度高めで書いているので2巻も楽しみにしていただけたらうれしいです！

　最後になりましたが、この作品に携わってくださった皆さま、本当にありがとうございました。
　前作に続き、今回のシリーズもイラストを引き受けてくださったイラストレーターのOff様。
　今回もこうしてイラストを担当していただけて本当にうれしいです……！
　可愛いカバーイラストを見せていただくたびに、原稿頑張ろうって気持ちになります……！
　今回もお話に合わせた可愛いカバーイラストを描いてくださり本当にありがとうございます！

　そして、ここまで読んでくださった読者の皆さま、本当にありがとうございました！
　シリーズはまだ続きますので、ぜひ2巻もお手に取っていただけたらうれしいです！

2022年5月25日　みゅーな＊＊

作・みゅーな**

中部地方在住。4月生まれのおひつじ座。ひとりの時間をこよなく愛すマイペースな自由人。好きなことはとことん頑張る、興味のないことはとことん頑張らないタイプ。無気力男子と甘い溺愛の話が大好き。近刊は『吸血鬼くんと、キスより甘い溺愛契約』（シリーズ全3巻）など。

絵・Off (オフ)

9月12日生まれ。乙女座。O型。大阪府出身のイラストレーター。柔らかくも切ない人物画タッチが特徴で、主に恋愛のイラスト、漫画を描いている。書籍カバー、CDジャケット、PR漫画などで活躍中。趣味はソーシャルゲーム。

ファンレターのあて先

〒104-0031

東京都中央区京橋1-3-1

八重洲口大栄ビル7F

スターツ出版（株）書籍編集部 気付

みゅーな**先生

KEITAI
SHOUSETSU
BUNKO
野いちご SINCE 2009

ご主人様は、専属メイドとの甘い時間をご所望です。

～無気力な超モテ御曹司に、イジワルに溺愛されています～

2022年5月25日　初版第1刷発行

著　者　みゅーな**
　　　　©Myuuna 2022

発行人　菊地修一

デザイン　カバー　粟村佳苗（ナルティス）
　　　　　フォーマット　黒門ビリー&フラミンゴスタジオ

DTP　久保田祐子

編　集　黒田麻希　本間理央

発行所　スターツ出版株式会社
　　　　〒104-0031　東京都中央区京橋1-3-1　八重洲口大栄ビル7F
　　　　出版マーケティンググループ　TEL03-6202-0386
　　　　（ご注文等に関するお問い合わせ）
　　　　https://starts-pub.jp/
印刷所　共同印刷株式会社
Printed in Japan

ISBN　978-4-8137-1267-1　C0193

ケータイ小説文庫　2022年2月発売

『悪い優等生くんと、絶対秘密のお付き合い。』干支六夏・著

普通の高校生・海凪が通う特進クラスは、恋愛禁止。ある日、イケメンで秀才、女子に大人気の漣くんに告白される。あまりの気迫にうなずいてしまう海凪だけど、ドキドキ。そんな海凪をよそに、漣くんは毎日こっそり溺愛してくる。そんな中、ふたりの仲がバレそうになって…！ 誰にも秘密な溺愛ラブ！

ISBN978-4-8137-1221-3
定価：649円（本体590円＋税10％）　**ピンクレーベル**

『極上男子は、地味子を奪いたい。⑥』＊あいら＊・著

正体を隠しながら、憧れの学園生活を満喫している元伝説のアイドル、一ノ瀬花恋。極上男子の溺愛が加速する中、ついに花恋の正体が世間にバレてしまい、記者会見を開くことに。突如、会場に現れた天聖が花恋との婚約を堂々宣言⁉ 大人気作家＊あいら＊による胸キュンシリーズ、ついに完結！

ISBN978-4-8137-1222-0
定価：649円（本体590円＋税10％）　**ピンクレーベル**

『無敵の最強男子は、お嬢だけを溺愛する。』Neno・著

高校生の茉白は、父親が代々続く会社の社長を務めており、周りの大人たちからは「お嬢」と呼ばれて育ってきた。そんな茉白には5歳の頃から一緒にいる幼なじみで、初恋の相手でもある碧がいる。イケメンで強くて、いつも茉白を守ってくれる碧。しかもドキドキすることばかりしてきて…？

ISBN978-4-8137-1223-7
定価：693円（本体630円＋税10％）　**ピンクレーベル**

『悪夢の鬼ごっこ』棚谷あか乃・著

中2のみさきは、学年1位の天才美少女。先輩から聞いた「受ければ成績はオール5が保証される」という勉強強化合宿に参加する。合宿初日、なぜかワクチンを打たれて授業はスタートするが、謎のゲームがはじまり『鬼』が現れ…。鬼につかまったら失格。みさきたちは無事に鬼から逃げられるのか⁉

ISBN978-4-8137-1224-4
定価：649円（本体590円＋税10％）　**ブラックレーベル**

ケータイ小説文庫　2022年6月発売

『本能レベルで愛してる（仮）』春田モカ・著

NOW PRINTING

鈍感少女の千帆には、超イケメンでクールな幼なじみ・紫音がいる。とある理由で二人は本能的に惹かれてしまう体質だと分かり…。ずっと千帆のことが好きだった紫音は、自分たちの関係が強制的に変わってしまうことを恐れ、本気の溺愛開始！　理性と本能の間で揺れ動く刺激的な幼なじみ関係！

ISBN978-4-8137-1280-0
予価：660円（本体600円＋税10％）　　ピンクレーベル

『魔王子さま、ご執心！②（仮）』＊あいら＊・著

NOW PRINTING

魔族のための「聖リシェス学園」に通う、心優しい美少女・鈴蘭は、双子の妹と母に虐げられる日々を送っていたが、次期魔王候補の夜明と出会い、婚約することに⁉　さらに甘々な同居生活がスタートして…⁉　極上イケメンたちも続々登場‼　大人気作家＊あいら＊新シリーズ、注目の第2巻！

ISBN978-4-8137-1281-7
予価：660円（本体600円＋税10％）　　ピンクレーベル

『芦原くんの噛みあとがそうさせる（仮）』雨・著

NOW PRINTING

高2の二瀬ひろと、『高嶺の問題児』と呼ばれる同級生のモテ男・玲於は、あることをきっかけに距離を縮めていく。突然キスしてきたり、耳に噛みついてくる玲於に振り回されながらも、惹かれていくひろ。そして玲於も…⁉　恋に奥手な平凡女子 vs 恋愛経験値高めのイケメンの、恋の行方にドキドキ♡

ISBN978-4-8137-1282-4
予価：660円（本体600円＋税10％）　　ピンクレーベル